66

음악을 듣는다는 것은 이야기를 듣는 것이라 생각합니다.
그러나 그 이야기들은 짙은 안개 속에 놓여 있어 산인지 성인지 혹은 거대한 구름인지 구별 할 수 없습니다.
눈을 크게 떠 봅니다. 초점이 맞아 질까 싶은 것이지요.
한 발자국 앞으로 나서 봅니다. 형체가 드러날 까 기대해 봅니다.
하지만 짙은 안개 속 그것은 좀처럼 모습을 드러내지 않습니다.
오히려 그것은 이렇게 말하는 것 같습니다.
"차라리 눈을 감지 그래. 지금부터 내가 발을 쿵쿵거리고 손을 휘저으며 소리를 내어 말을 하겠네. 자네는 그 자리에 가만히 서서 내가 무슨 말을 하는지 무슨 말을 하면 좋겠는지 상상해 보시게. 나는 자네가 상상하는 그것이야. 그것이고말고."

음악을 들으며 이런 상상을 해봅니다. 음계라는 것, 이것은 하나의 언어가 아닐까?
고유한 주파수를 가진 음들이 모여 고유한 단어를 만들고 단어들이 모여 문장이 되고 문장이 모여 이야기가 되는 것.
그러나 단어, 문장, 이야기가 지닌 뜻이 단 하나가 아닌 언어.
듣는 이의 가슴속에서 각각의 단어로 각각의 문장으로 각각의 이야기로 나타나는 것.
하여 열 명이 들으면 열 개의 이야기가 되고 백 명이 들으면 백 개의 이야기로 꽃피는 것.
그런 언어가 아닌가?
가만 있자.
그런 언어. 어디선가 만난 적 있지 않나요?

문학.
서정시이든 산문시이든, 서사시이든, 소설이든.

99

득수, 읽다

2024년 "득수 읽다" 시리즈의 첫 앤솔러지 『쇼팽을 읽다』를 세상에 내어
놓으며 첫 장에 실었던 말입니다.

작곡가가 남겨놓은 이야기를 찾아보겠다는 것에서 "득수 읽다" 시리즈가
시작되었습니다.

찾아내는 것, 건져 올리는 것을 영감이라 부를 수 있지 않을까요?
독자들은 득수의 작가들이 만들어낸 언어로부터 어떤 영감을 받을지요?

2025년 득수는 베토벤을 읽습니다.
『베토벤을 읽다』에는 네 명의 소설가와 네 명의 시인이 베토벤 피아노
소나타 네 곡으로부터 찾아낸 언어, 이야기를 담고 있습니다.

1년에 한 번씩, 2026년에도 읽는 사람들에게 "득수 읽다" 시리즈를 내보
일 것입니다.

시리즈의 두 번째 작곡가는 베토벤입니다.

- 2025년 봄, 도서출판 득수

베토벤, 활화산 같은 삶을 살다

베토벤(Beethoven, Ludwig van 1770~1827)은 음악가 집안에서 태어났다. 그의 할아버지 루트비히는 네덜란드인이었는데 궁정 악장이었고 그의 아버지 요한은 궁정 가수였다. 그런데 그의 아버지 요한은 알코올중독자였다. 그런 아버지 밑에서 베토벤은 매를 맞으며 음악을 배웠다. 요한은 레오폴드 모차르트가 아들 아마데우스 모차르트를 신동으로 키운 것처럼 베토벤을 신동으로 키워 돈을 벌 심산이었다. 베토벤은 여덟 살 때 피아노 신동으로 평가받았고, 열네 살에는 쾰른 선제후 궁정의 오르가니스트로 채용되었다. 어린 베토벤은 늘 술 취해 있는 아버지 대신 돈을 벌어야 했다.

베토벤은 22세 때 빈으로 갔다. 26세쯤에는 유명한 피아니스트이자 작곡가로 성장 했다.

20대에 유명한 음악가가 되어 명성을 날리며 행복한 나날을 보냈던 그에게 건강상의 문제가 생겼다. 27세 때 티푸스에 걸렸는데 그 후 고질적인 귓병이 생긴 것이다. 이 의사 저 의사 찾아다니며 끈기 있게 치료했지만 난청이 시작되었다. 온종일 이명에 시달렸다. 베토벤을 괴롭힌 것은 이 뿐만이 아니었다. 극심한 편두통과 만성적인 소화기장애도 그를 따라다녔다. 우울증도 겪었다.

– 최정호(포항시립교향악단 사무장)

베토벤은 청력을 잃자 1802년에 극단적인 선택을 하려고 유서까지 쓴다. 작곡가로서, 피아니스트로서 청력을 잃어버린 가혹한 자신의 운명 앞에 굴복하는 듯했다. 그러나 그는 자살이라는 선택을 하지 않았다. 잘 듣지 못하지만 새로운 정신이 요구되는 시대에 자신만의 새로운 음악을 계속 써 나가기로 한 것이다.

베토벤의 초기 작품들에는 선배 작곡가 하이든과 모차르트에게서 영향받은 흔적을 찾아볼 수 있다. 그러나 1803년 이후부터는 확연히 새로운 자기만의 사운드로 작품들을 만들어 낸다. 베토벤의 작품 시기는 크게 모방기(1802년경까지), 구체화기(1816년까지), 반성기(마지막까지)로 나뉘는데 그는 1803년 이후에 구체화기의 작품으로서 오라토리오 〈감람산의 예수 그리스도〉, 베토벤의 9개 교향곡 중 최고라고 일컬어지는 3번 교향곡 〈영웅〉, 또 걸작 피아노소나타 21번 〈발트슈타인〉 등을 발표했다.

베토벤도 여느 선배 작곡가들처럼 빈의 높은 귀족들과 인간관계를 맺었다. 그렇지만 베토벤은 하이든과 모차르트보다도 귀족들 앞에서 독립적이기를 원했다. 그들 앞에서 아첨하지 않았고 때로는 폭발적인 행동으로 귀족들을 대했다. 베토벤은 "귀족들과 섞이는 것은 좋다. 그러나 우리는 귀족들에게 어떤 인상을 줘야 하는지 알지 않으면 안 된다."라고 말했다.

베토벤은 고전주의자이자 낭만주의자이다. 달리 말하면 베토벤은 최초의 낭만주의자이다. 그는 일생 동안 끊임없이 새로운 시도를 작품에 반영했다. 그것으로 진정한 낭만주의자라는 평가를 받는다. 독자들은 학창 시절의 음악 시간에 베토벤이 하이든과 모차르트와 함께 고전주의자라고 배웠을 수 있다. 그렇기에 베토벤을 두고 "그는 진정한 낭만주의자였다."라는 문구를 접하면 어리둥절하게 느낄 수도 있겠다. 베토벤이 서른쯤이었던 초기 빈 시절에는 하이든과 모차르트의 영향을 받아 엄격한 형식 안에서 고전주의의 작품들을 창작했다. 그러나 그는 모방기를 지나 낭만주의로 넘어갔다. 1808년 12월 22일에 발표한 5번 교향곡과 6번 교향곡을 보면 5번 교향곡에서는 3, 4악장이 붙어 있고, 6번 교향곡에서는 표제적 성향(문학, 미술, 자연, 사상 등을 음악으로 표현하는 것)이 드러나고 3, 4, 5악장이 붙어 있는데, 당시로서는 이례적인 것으로 경계를 허무는 낭만주의의 특징이라 할 수 있다.

독신으로 살아가던 베토벤은 1815년에 동생 가스파르가 죽자 조카의 양육권을 두고 동생의 부인과 소송을 벌였다. 어렵게 친권을 획득했지만 정작 조카를 제대로 양육하지 않아 늘 갈등을 빚었다. 그즈음 베토벤은 청력을 완전히 잃었다. 경제적으로 궁핍하지는 않았지만 생활이 피폐해졌다. 그러나 그의 음악은 더 깊어졌다. 구조가 더 복잡해지고 규모도 더 커졌다. 장엄미사, 9번 교향곡, 피아노소나타 29번부터 32번까지가 그러한 것들이다. 베토벤은 1827년 사망할 때까지 독자적이고 개성적인 스타일을 초월하여 명상적인 음악들을 창작해 냈다.

베토벤 음악의 특징을 한마디로 얘기하면 '악마적인 힘'을 들 수 있다. 그의 음악은 인간으로 하여금 전율, 공포, 놀라움, 고통을 느끼게 하고 낭만주의의 본질인 무한한 동경을 불러일으킨다. 베토벤 이후에 같은 것이 다시는 나오지 않았다.

Piano sonata No.8 〈비창〉

Piano Sonata No.17 〈월광〉

Piano Sonata No.14 〈폭풍〉

Piano Sonata No.23 〈열정〉

BEETHOVEN

Piano sonata No.8 〈비창〉

QR코드를 스캔하시면
베토벤 소나타를 들을 수 있습니다.

이 불행이 없다면 얼마나 좋을까!
이 세상을 자유롭게 끌어안고 싶네!
아, 젊음이여! 난 이제 막 내 젊음이 시작되었음을 느끼네.
내가 늘 병약한 인간은 아니었지 않은가?
얼마 전부터 내 체력은 전에 비해 점점 강해지고 있네.
정신력도 점점 강해지고 있고.
매일 난 느낄 수는 있지만 말로는 설명하기 힘든 목표에 가까이 다가가고 있네.
그대의 B(베토벤)는 이렇게 살아갈 것이네.
결코 고요히 살지는 않을 걸세!

– 1801년, 베토벤

내색

권상진

꽃이라고 어데 속이 없겠는가
웃음만 남던 한때가 내게도 있었다

나는 먼 사람
종일 저만큼 꽃의 마음을 혼자 걸었고

좀체 속을 주지 않는 표정의 뒷면에서
한참 서성거렸다

가지 끝에 맺혀
글썽이는 속내를 이제사 알겠다

어떤 울음을 함께 울어 주어야
감춰둔 슬픔을 다 쏟아낼 수 있을까

끝내 꽃은 웃고 있지만, 나는
먼 곳의 일들은 이제 믿지 않기로 한다

베토벤 비창으로 듣는 빗소리 환상통

이병일

다이아몬드보다 귀한 것이 있다면
그건 물이겠죠, 물에게 사랑받고 있다고
생각해야 이십 리 밖의 물 냄새를 맡는
낙타를 가질 수가 있어요
애써 외면한 가시나무와 우물 속에서
고삐와 채찍이라는 말이 솟구쳐요
등골과 쇄골은 빗소리를 담는 그릇

그런데 빗소리가 오를 언덕이 없는
이 돌사막에서 나는 비를 본 적이 없어요
도마뱀처럼 우는 구름과 피뢰침만이
재가 될 듯 재가 된 듯 침침하게 밝아요

당나귀 앞세우고 걷는 나의 발바닥엔
물집이 몇 개 옮아 붙었어요
마찰이라는 말에 우물이 있다는 것을
믿게 되었어요
다 써버린 우물, 거기엔 소금물이 있나봐요
나는 순하고 명랑한 짐승을 위해
눈과 귀를 달고 사는 사람인데요
오늘은 죽은 짐승의 이름을 헤어보며
조상의 말이 빗방울이라는 것을 알게 되었죠

두더지마저 타죽을 것 같은데
땅강아지도 타죽는 것 같은데
발등 부은 지척의 선인장들,
죽긴 왜 죽어? 죽긴 왜 죽어?
죽는 고비로 놀란흙을 깨우듯
죽을 고비로 한뼘씩 뒤틀리며 자라지요

당나귀보다 먼저 죽기 전에
정말 빗소리 한번 보고 싶어요
왜 짐승과 사람이 같은 물로 빚어졌는지
그런 쓸데없는 생각에 빠져 죽고 싶다는 거죠

외국 서점

김은지

구름은 보통
십 분 후에 모습을 바꾼다는데
백일홍이 진짜
백 일 동안 피는지 확인하고 싶다

어느 나라의 책방은 보통
쇼핑몰 한 켠에 있고
쇼핑몰들은
복도 모양이 비슷하고
간판들이 똑같다
거슬러 올라가 보면 이 도시는
넓게
한꺼번에 팽창한 후
여전히 조금씩 넓어지는 중이다

시집은 어디 있나요?

시집은 단 세 권이 있었는데
하나는 결혼식과 장례식을 위한 시집이고
하나는 스페인 시인의 책
하나는 제자리에 없어서 찾지 못했다

그 집에서 파는 시집을 모두 사 온 사람이 되었다

현대 시는 아니더라도
현대 시론을 만들어낸 어느 나라의

한적한 골목길
무거운 나무문을 밀고 책방에 들어섰다

시집은 어디 있나요?

나이 든 주인은
당황한 기색을 감추려고 노력하면서
입구 쪽 책장 아래 칸으로 나를 데려갔다

이게 시집입니다

지구에,
하루에,
치는 뇌우는
몇 번일까요

시집은 세 권이 있었고
내가 공부한 적 있던 시인의 책은 몇 페이지를 넘기자
연필로
할인된 가격이 쓰여 있었다

구름은 생각보다 모양을 빠르게 바꾸고
나는 어떤 나라의
서점 모양과
시집 모양
확인

비창을 듣는, 세로로 슬픈 밤

서숙희

불 꺼진 검은 창에 내 얼굴이 비친다
눈과 코가 비대칭으로 기울고 일그러진다
첨부터 어긋나버렸던 그 어떤 인생처럼

표정의 저쪽에서 커튼을 걷어내자
세로로 주룩주룩
비가 밤을 썰고 있다

이것은 비극적悲劇的이다
아니, 비非 극적이다

희고 검게 썰려진 밤을 그가 연주한다
열 개의 손가락이
스무 개 서른 개가 되자

슬픔이 밤을 꼭 안은 채
폐허처럼 피어난다

"

그 어떤 섬세한 조각칼로도 표현해 낼 수 없을 것 같은,
뭐라 규정할 수 없는 슬픔이 그의 얼굴을 덮고 있었어요.
그의 눈은 짙은 눈썹 아래에서 마치 동굴 속에서
뿜어져 나오는 빛처럼 반짝거렸어요.
작은 눈이었지만 그 시선은 나를 꿰뚫어 보는 것 같았어요.

– 1822년, 로시니

"

아다지오 칸타빌레

하명희

퇴근하려는데 눈이 내렸어요. 창밖이 어두워지기 시작하더니 급기야 폭설이 내리기 시작했지요. 강의실 한쪽에 가벽을 세우고 틈새에 문을 달아 만든 흡연실로 들어가 창을 열었지요. 이곳에서 만나는 첫눈이었고, 올해의 첫눈을 흡연실에서 혼자 맞는 것도 나쁘지 않았어요. 3층에서 본 눈 오는 풍경이 얼마 만이지. 그 높이가 언젠가 이런 곳에서 눈 오는 풍경과 마주했던 적이 있지 않나 싶었지요. 높이 솟은 교회의 첨탑이 눈발에 가려지는 것도, 카센터가 있는 건물 옥상을 올려다보다가 눈길을 쓸고 있는 사람을 보는 것도, 한 여자가 우산을 펴고 엉금엉금 걸어가는 걸 바라보는 것도 오래전의 뭔가를 건드리고 있었죠. 여자는 커다란 장바구니를 들고 있었는데, 미끄러지지 않으려고 발을 뗄 때마다 돌다리 두드리듯 조심해서 걷고 있었어요.

앞이 안 보이는 사람이 하는 몸짓이었지요. 손을 뻗어 눈발을 받았어요. 어느새 3층을 가로지르는 전신주에도 눈이 쌓였고, 손에 닿은 눈송이 무게가 느껴졌으니 습설이었을 겁니다.

교회 쪽에서 자전거가 차례로 돌아오더군요. 자전거에는 플라스틱 빗자루와 나무 빗자루 두 개가 안장 뒤에 달린 커다란 통에 삐죽이 솟아 있고, 커다란 쓰레받기도 검은 고무줄에 묶여 있었어요. 자전거에 탄 사람들은 매일 아침 어딘가에서 나와 차례로 지나갔거든요. 출근하고 흡연실 창을 열면 청소 자전거들이 동네 곳곳으로 퍼져 나가듯 줄을 서서 네다섯 대가 지나갔어요. 이곳은 강남인데, 강남의 핫플이었던 로데오 거리 옆인데 청소부들이 자전거를 타고 이른 아침 도시를 청소하기 위해 출근하는 풍경은 낯설더군요.

시내로 갔다가 돌아오는 청소 자전거가 매일 지나는 이 길은 예전엔 물이 흐르던 시내였대요. 남태령에서 내려오는 물줄기가 사당을 거쳐 이 앞으로 흘렀다는 거예요. 이걸 알려준 건 1층에 있는 내장상사 할아버지예요. 출근할 때 할아버지에게 인사를 드렸더니, 3층에 새로 들어온 사람이냐고 묻고는 대답도 하기 전에 거기는 뭐 하는 곳이냐고 묻더군요. 나는 대답을 못 하고 서 있었어요. 아직 간판도 없는 데다가 우편함에도 3층은 이름이 없었거든요.

문화 행사도 하고요, 음, 글 쓰는 사람들이 오고 갈 거예요.

이름이 뭔데?

뭐라고 말해야 하지. 나도 이곳의 이름을 모르는데. 아직 아무 것도 정해지지 않았고, 이곳의 이름을 정하는 일은 내가 진행해야 할 일 중 하나였지요.

법인을 만들고 있어요, 곧 간판을 달 거예요.

이름도 없어?

할아버지는 이 건물에서 유일하게 커다란 간판을 달고 문을 지키는 사람답게 이름도 없으니 금방 문 닫고 나가겠군, 하는 표정이었지요.

보령이 고향이신가 봐요.

분위기를 바꾸려고 물었죠. 간판이 보령내장상사였거든요.

할아버지는 내 질문은 가볍게 무시하고 "이 앞으로 물이 흐를 때부터 여기 있었지."라고 했어요. 여기 있은 지 오래되었으니 앞으로 잘하라고 확인시키고 싶은 것 같았죠. 그때 야광 엑스자가 붙은 청소복을 입은 자전거들이 내 옆을 지나갔어요. 자전거에 청소 도구들을 달고요.

저짝 청소부들 가는 쪽에서 물이 흘러서 이짝으로 다 개천이었어.

할아버지는 손짓으로 저짝부터 이짝까지 물이 흘렀다는 몸짓을 했지요. 공영 주차장이 이어진 길이 물길이었다는 걸 알 수 있었죠.

여긴 언제 복개했어요?

할아버지는 대답은 안 하고 그냥 가게로 들어가 버리더군요. 자기 할 말만 하고 필요한 것만 취하는 할아버지구나 싶었어요.

점심시간이 되어 주변 식당도 알아볼 겸, 개천이었다는 길을 따라 걸어볼까 싶어 계단을 내려왔어요. 손님들이 오면 주차 안내를 해야 하니 방죽처럼 길게 이어진 공영 주차장이 어디까지인지도 알아두려고요. 내장상사 할아버지가 나를 보더니 손짓을 하더라고요. 사무실로 들어갔다 나온 할아버지 손에는 두툼한 장부가 들려 있었어요. 검은 테이프로 몇 권을 묶어놓은 장부였지요.

여기 있네, 1989년. 그때 큰물이 들었는데 이 앞이 다 잠겨버렸어. 저 학교 애들도 학교가 물에 잠겨서 비싼 차를 두고 고무 다라이를 타고 등교했지. 원래 이쪽 지대가 낮은데 그때 이후로 물길을 막고 복개하더니 이렇게 주차장이 들어섰어.

할아버지는 언제 복개했느냐는 물음에 답하려고 장부를 찾으러 들어갔던 거였어요.

복개하고 나서부턴 우리 가게도 장삿길이 막혔지 뭐. 그전에는 여기가 큰길이었는데, 사람들이 오고 가야 길이지, 주차장이 이렇게 길게 들어섰으니 여긴 뒷길이 돼버렸어.

할아버지는 평생 장부를 써온 사람답게 꼬장꼬장해 보였으나 1989년이라는 년도를 들으니 내가 이곳에 처음 왔을 때 언젠가 와본 곳 같다는 느낌이 풀리기 시작했지요. 1989이면 내가 고등학교 1학년 땐데, 그때 정말 이곳에 온 적이 있었던 거였어요. 개천이 넘친 그해 겨울이었지요. 물길을 막고 주차장이 들어섰을 뿐인데 풍경이 바뀌니 그때 이곳에 왔었다는 기억도 사라졌던 거였어요.

*

　새 학기가 시작되고 얼마 안 되어 그 애가 전학을 왔어요. 자기소개를 하는데 이름이 민주라고 했지요. 고민주. 민주는 자기소개를 하면서 "우리 오빠 이름은 민중이야."라고 하고는 분위기를 살폈어요. "고민중이래" 맞장구치며 깔깔대는 웃음소리가 퍼져 나갔죠. 민주는 늘 구부정하게 수그리고 다니는 나와는 정반대의 성격을 가진 아이였어요. 성격이 활발한 데다 걸음걸이만큼 목소리도 당당해서 전학 온 지 며칠 지나지 않았는데도 전학 왔다는 티가 나지 않는 그런 애였어요. 어깨를 펴고 툭툭 걷는 민주의 걸음걸이를 보고 담임 선생님은 발레를 했느냐고 물었지요. 민주는 어릴 때 조금 배웠다고만 했지요. 내가 민주와 친구가 된 건 그 조금 배웠다는 춤 때문이었어요.

　우리 학교는 정규 과목에 무용이 있었답니다. 러시아에서 발레를 전공한 남자 선생님이 무용을 가르쳤는데, 그 선생님은 환갑이 다 된 할아버지였어요. 무용도, 무용 첫 시간에 타이트한 발레복을 입고 기본 동작으로 알롱제, 아르케 하다가 한 발로 서며 아라베스크를 보여주는 남자도, 그 남자가 할아버지인 것도, 재미있는 공연을 보듯 신기하고 낯설었지요. 우리는 무용 시간에 러시아 민속춤인 코로브시카를 추었습니다. 선생님은 코로브시카가 '행상인의 집'이라는 뜻이라고 했어요. 코로브시카는 만나고 인사하고 놀다가 손뼉 치고 또 만나서 인사하며 노는 놀이라고 했지요. 추운 지역이라 몸을 많이 움직여서 열을 내는 거라고요.

무용은 체육 시간을 쪼개서 하는 수업이었는데 한 달에 한 번씩 강당에 모여 코로브시카를 추는 시간은 퍽 즐거웠어요. 여자 역과 남자 역으로 나눠 여자가 큰 원을 그리면 그 안으로 남자가 들어와 작은 원을 그리고 인사하며 수업이 시작됐죠. 하나 둘 셋, 하나 둘 셋, 스리스텝 턴, 스리스텝 턴 하고 손뼉을 두 번 치고 원형으로 돌면서 계속 파트너가 바뀌는 거예요. 내 첫 파트너이자 마지막 파트너는 민주였어요. 다음 해에 정년퇴직을 앞둔 무용 선생님은 무용복을 입지 않으면 강당에 입장하는 걸 허락하지 않았어요. 무용복이 없을 때는 빨리 뛰어가서 다른 반 친구에게 옷을 빌려서라도 수업에 참여하라고 했지요. 민주와 나는 한 달에 한 번 있는 무용 시간에 다른 반으로 달려간 적이 없으니 둘 다 이 시간을 즐기고 있었을 겁니다.

하나 둘 셋, 하나 둘 셋, 스리스텝 턴, 스리스텝 턴, 손뼉 두 번 잘 가 하고 체인지.

4분의 2박자로 돌아가는 리듬에 맞춰 춤을 추며 선생님은 매달 다른 주문을 했어요. 처음엔 인사하는 법을 알려주었지요. 바깥 원에 있는 여자 역할은 파트너가 바뀔 때마다 엄지와 검지로 살짝 치마를 집고 오른발을 앞으로 빼고 무릎을 굽혀 인사하고, 원 안쪽에 마주 보고 있는 남자 역은 오른발을 앞으로 내밀고 오른손으로 모자를 벗듯이 머리 위로 한 바퀴 크게 돌려 인사하는 거예요. 한 반에 60명이 넘던 때였으니 그런 인사를 서른 번 하고 내 파트너인 민주와 마지막 인사를 하면 수업 종이 울리곤 했습니다.

선생님은 코로브시카는 표정과 손뼉으로 만남을 표현한다고 했어요. 어느 날은 턴을 하고 잘 가라고 인사합시다, 또 어느 날은 또 만났네요, 반갑습니다, 하며 표정을 담으라고 했지요. 또 어느 날은 인사하는 그 짧은 순간에 상대에게 하고 싶은 말을 발끝에 담아봅시다, 라거나 오늘은 손끝으로 마음을 표현하라고 했지요. 손뼉 치며 강강술래하듯 강당을 한 바퀴 돌고 나면 선생님도 땀에 흠뻑 젖어 몇 남지 않은 머리칼을 수건으로 닦았어요. 그러곤 우리를 향해 남자 역할의 인사를 건네는 것으로 수업이 끝났지요. 내가 민주네 집에 간 것은 기말시험으로 대체한다는 춤 연습을 하기 위해서였어요. 코로브시카를 추다가 원에 들어가 1년 동안 함께한 파트너와 마지막 춤을 마음대로 연출하는 것이었지요.

그날 민주는 지하철을 타고 방배역에서 내려 한참을 걸어가다가 "저기가 내가 다니던 학교야. 저기 앞에 흐르는 또랑을 우리는 세느강이라고 불렀어. 웃기지?"라고 했어요. 집도 학교 근처인데 왜 전학을 온 거냐고 물었지요. 민주는 특유의 표정을 지으며 어깨를 으쓱하고는 "글쎄, 맨날 그래."라고만 했어요. 그러면서 "너, 허공에의 질주 알아?"라고 물었지요.

허공에의 질주? 그게 뭐야?

리버 피닉스가 나오는 영화.

리버 피닉스는 처음 들어보는 이름이었지만 모른다는 티를 내고 싶지 않아 물었지요.

언제 개봉했는데?

개봉은 안 했어.

개봉도 안 했는데 넌 그걸 어떻게 봤어?

외삼촌이 비디오테이프를 가져왔길래 봤지. 그걸 보면 자연스럽게 춤을 추게 되어 있어.

댄스 영화인가, 리버 피닉스는 누구지? 그때까지 우리 집엔 비디오 플레이어가 없었어요. 나는 개봉도 안 한 영화를 집에서 비디오테이프를 꽂고 볼 수 있다는 게 더 충격이었고, 방배동에 있는 민주의 집은 드라마에 나오는 마당이 있는 이층집일 것 같았죠.

민주는 페인트칠이 벗겨져 시멘트가 보이는 건물로 들어가더니 3층에서 멈추지 않고 옥상 문을 열었어요. 드라마에 나오는 집은 아니지만 나는 당연히 그 건물이 민주네 거고 민주는 옥상에 방이 따로 있나 보다 생각했죠.

여기가 네 방이니?

집이지. 오빠랑 나만 여기서 지내.

강남에서 전학 온 애, 어릴 때부터 무용을 해서 척추가 곧추서고 발표할 때도 당당하고 옷매무새가 세련된 민주의 집이 옥탑

방이라니. 옥탑방에 살면서 왜 민주에게선 기죽은 모습이 하나도 없었을까. 난 그게 궁금했지요. 그 궁금함은 그 방에 들어가는 순간 알 수 있었어요. 옥탑방에는 집에 있어야 할 기본적인 것들, 부엌살림이라든지 방의 절반을 차지하는 옷장이나 문갑 등이 보이지 않았어요. 그 방은 잠을 자고 생활하는 공간이라기보다는 누군가 작업하는 음악 감상실에 더 가까웠지요.

창이 있는 쪽에 커다란 스피커와 턴테이블이 있고, 한쪽 벽에는 레코드판, 다른 쪽엔 책이 꽂혀 있었어요. 코너에는 나무를 깎아 만든 옷걸이에 민주가 자주 입던 떡볶이 단추가 달린 외투와 남자 외투가 걸려 있고요.

여긴 외삼촌이 살던 집이야.

내가 책장 앞에서 서성이자 민주는 묻지도 않았는데 "근데 언제든 떠날 거야."라고 했지요.

떠나?

우린 집 없이 친척 집이나 엄마 아빠의 지인 집에서 몇 개월씩 사는 게 익숙해. 엄마는 집이 없으면 훨씬 더 자유롭대. 하고 싶은 것도 마음대로 할 수 있고. 그런 건 좋은데 하도 전학을 많이 다녀서 학교 이름을 다 못 외우겠어.

민주는 그 말을 하며 방 안을 빙그르르 돌며 혼자 춤을 추기 시작했지요. 그러다 잠깐만, 이라고 하더니 레코드판을 하나 꺼냈어요.

코로브시카가 4분의 2박자니까, 이 리듬에 맞춰도 춤을 출 수 있을 거야.

민주가 꺼낸 레코드판에는 어느 도시의 고딕 건물 앞으로 여러 대의 배가 있고 아치형 다리 뒤론 교회의 첨탑이 그려져 있었지요.

베, 토, 벤이네.

응. 베토벤 소나타 8번 다단조 작품 번호 13번.

우와, 넌 어떻게 작품 번호까지 아니?

베토벤은 내 첫사랑이거든.

'사랑'이라고 말하며 민주는 "난 2악장이 좋아, 너무 좋아."라며 레코드판에 조심스럽게 바늘을 올린 뒤 털썩 앉아 바닥에 두 손을 붙였어요. 그러곤 "1악장은 그라베야."라며 나를 보고 웃더니 바닥에 피아노 건반이 있는 것처럼 손가락과 어깨에 힘을 주며 딴 따단 다단 따 하고 피아노 소리에 맞춰 손가락을 움직였어요. 장중하고 느리게 움직이던 손가락이 빠르게 바뀔 때는 "여긴 알레그로 디 몰토 콘 브리오."라며 민주의 어깨가 춤을 췄지요.

다음이 2악장, 아다지오 칸타빌레야.

아다지오 뭐?

산책하듯이 노래하며 자연스럽게.

칸타빌레가 자연스럽게야?

아니, 노래 부르듯이.

그럼 아다지오가 자연스럽게?

자연스러운 건 걷는 것처럼 느린 거래.

2악장이 시작되자 민주가 벌떡 일어나 오른손을 머리 위에서 크게 돌리며 천천히 인사를 건넸지요. 얼떨결에 나도 엄지와 검지로 바지를 잡고 인사를 했어요.

천천히 걸으면서 노래 부르듯 자연스럽게.

민주가 리듬을 타며 속삭였지요.

아다지오 칸타빌레는 여러 명과 같이 추는 코로브시카와는 달리 파트너에게만 집중하며 춤을 추는 리듬이었어요. 민주는 무용 선생님이 1년 동안 알려준 것들을 그 리듬에 담았지요. 눈으로 인사하기, 발끝으로 인사하기, 손끝에 표정을 담아서 노래 부르듯이 손뼉 치는 우아한 몸짓이었죠. 우리는 그 방에서 남자와 여자가 되어 인사를 나누고 원형으로 도는 대신 원 투 스리, 원 투 스리에 맞춰 발을 바꾸고 턴하며 산책하듯 느리게 춤을 추었어요. 그 느린 춤 속에는 여러 감정이 섞여 들었죠. 슬프지만 아름다운 피아노 소리에 맞춰 민주의 표정도 자꾸 뭔가를 말하려다 마는 아련함을 담고 있었어요. 민주를 따라 춤을 추다가 2악장이 끝날 때 크게 손을 돌려 잘 가라고 인사하던 민주의 눈빛이 32년이 지났는데도 떠오르다니 놀랍지요.

*

내가 할 일 중 가장 급한 건 이름을 정하는 거였어요. 선배가 알려준 대로 이사들이 모인 카톡방에 세 가지 안을 놓고 투표를 돌리고 미취합된 등기이사 서류를 확인했죠. 이력서와 인감증명서, 가족관계증명서를 등기로 보내달라고 통화하고, 법인 허가 신청 서류를 하나씩 체크했지요. 변호사를 통해 전달받은 스무 개의 서류를 한 달 만에 채우고 받아낸 뒤, 발기인 창립총회를 한 회의록 정리까지, 이름을 정한 뒤 한 달 동안 내가 할 일은 스무 개의 서류를 만드는 거였어요.

법인 설립 취지서를 받고, 정관은 변호사에게 검토 의뢰를 하고, 4명의 발기인 명부와 인감을 받아놓고, 창립총회 준비를 하고, 발기인 대회 회의록을 정리하고, 조직 정수표를 만들고, 재산출연 증서를 받고, 재산 총괄표를 만들고, 기본재산과 운영재산 목록을 각각 정리하고, 사업계획서와 사업 수지 예산서는 변호사에게 맡기고, 10명의 임원 취임 예정자 인적 사항을 취합하고, 민법 제777조의 규정에 의해 임원이 친족의 범위에 해당하지 않는다는 인감 찍힌 임원 각서를 받고, 사무실 임대 계약서와 건물주의 사용 승낙서를 받고, 이런 모든 서류를 대리 제출한다는 위임장을 받아 인감도장을 찍은 뒤, 창립총회 소집 통지서와 발기인 포함 총회 참석자 명부를 작성해 창립총회 사진을 찍어서 첨부해야 법인 허가 신청서를 제출할 수 있어요.

하루에 하나씩 해결하면 얼추 할 수 있을 것 같았지만, 전화 통화만 돌려도 하루가 가겠다는 막막함이 밀려들었지요. 사무실을 둘러봤어요. 내가 오기 전에 가져다 놓은 고무나무는 얼어 죽었고, 두 분의 공동 이사장실 책상에 있는 난 화분도 시들었죠. 화장실 옆 주방에는 가리개를 달아야겠고, 화장실에는 디퓨저라도 사다 놔야 했어요. 사무용품과 프린트 용지, 커피 잔도 사야겠는데…… 내가 왜 이걸 하겠다고 했을까. 아무도 없는 사무실에서 생수 통을 뒤집어 정수기에 꽂으며 이걸 해줄 사람도 없구나 싶었지요. 책상에 앉아 우선 사무실 운영에 필요한 전화번호 명부부터 작성하기 시작했어요.

생수 배달 기사, 냉난방기 기사, 커피 주문처, 컴퓨터 수리 기사, 인터넷 설치 기사, 건물주 연락처를 작성하고 보니 앞으로 어떻게 일을 해나가야 할지 법인 절차와 사업 진행과 사무와 행정과 회계는 누가 해야 할지, 더 출근할 사람이 있는 건지 도무지 그림이 그려지지 않았어요. 그걸 의논할 사람은 선배였죠. 선배는 내가 사는 집 근처로 와서 같이 일하자고 권해놓고 청와대 앞에서 노숙 단식 중이었습니다. 사무실에 있는 고무나무가 얼어 죽는 기온인데 농성 천막도 치지 못하게 한다며 선배는 딱 일주일만 하면 끝날 거라고, 지난해에 마무리할 수 있는 사안이라서 무리인 줄 알면서도 노숙에 단식이라는 극단적인 방법을 선택할 수밖에 없다고 했었죠. 내가 출근할 때는 해가 바뀌니 같이 시작할 수 있을 거라고 했었는데, 나는 출근했는데 선배는 지난해 말에 이어 단식을 이어가고 있었어요.

1986년에 해고되어 지금껏 '해고자'인 한 사람을 위한 지극한 마음, 부산 영도에서 85호 크레인에 올라간 그가 고립되지 않도록 전국에서 출발하는 희망버스를 기획했던 선배가 이번에

단 하루라도 복직했다가 퇴직하는 그를 봐야겠다며 단식을 시작할 때, 그 결단은 나를 안절부절못하게 했습니다. 선배도 없는 빈 사무실에서 내가 해야 할 것들은 쌓여 있었고, 그걸 어떻게 시작해야 할지 의논할 동료도 여유도 없으면서 마음은 선배의 결단과 행동을 지지하고 있었으니까요. 선배는 언제든 전화하라고 했지만, 단식하고 있는 선배에게 매번 전화하는 건 피하고 싶었어요. 85호 크레인에 올라갔던 그도 '해고 없는 세상'을 등짝에 붙이고 부산에서 걸어서 청와대로 오겠다고 출발했다는 소식이 들렸지요. 암이 재발해 얼마 전 수술을 받았던 그가 걸어서 청와대 앞까지 오겠다는 그 결단은 또 뭐란 말입니까. 정년을 하루 앞둔 그가 400킬로미터를 걸어서 오겠다니, 단 하루라도 작업복을 입고 퇴직하겠다는 결단은 해고와 고문, 투쟁으로 살아온 그의 35년이 복직으로 뒤집히는 걸 보여주겠다는 상징이었지요.

선배의 결단과 그의 결단은 내게 충격이었습니다. '상징'이라는 게 문학의 일이 아니라 노동자들의 현실에서는 얼마나 받아들여지기 힘든지를 보고 있었으니까요. 하지만 내가 혼자 해나가야 할 일도 만만치 않았어요. 선배가 없는 동안 스무 개의 서류를 만들고 법인 허가 절차를 진행해야 했으니까. 그래도 당신들이 이겼으면 좋겠다는 쪽으로 내 마음이 흐르고 있었습니다. 소금과 물만 먹고 단식하며 몸으로 싸우고 있는 선배에게 언제 돌아오느냐는 투정을 부리고 싶지는 않았어요. 그러면 선배가

질 것 같았거든요. 이기고 돌아오라고, 그때까지 내 일은 내가 알아서 할 거라는 객기를 부리고 싶었나 봐요. 선배가 돌아오면 재단법인 허가증을 내밀며 그동안 내가 한 일을 보여주고 싶었거든요.

*

선배가 나를 찾아온 건 지난해 겨울이었습니다. 문화단체의 법인을 만들려고 하는데, 처음 뼈대를 잡고 합을 맞춰 같이 일하자고 했지요. 전화로 몇 번을 사양하고 나는 그걸 같이 할 사람이 못 된다고 했지만 선배는 집 앞까지 찾아와 다른 사람은 알아보지도 않았다, 처음부터 나와 같이 하려고 구상했다는 말들을 쏟아냈어요.

난 법인을 만들어본 적이 없어요. 그런 곳에서 일해본 경험도 없는 내가 그걸 어떻게 해요.

엄두가 안 난다는 말을 반복했지만 선배는 이사들도 다 꾸려 놓았고 이후 사업에 대한 구상은 다 해뒀다고 했죠. 사무실도 얻어놨고 사무기기도 다 세팅해 놨으니 몸만 오면 된다고요.

왜 난데요? 선배 주변엔 일 잘하는 사람이 많을 텐데.

내가 물었죠.

법인은 사람을 만나는 일이라 다른 건 배우면서 하면 되지만 사람을 대하는 건 가르칠 수 있는 게 아니야. 이 일에는 네가 적

임자라니까.

선배는 쐐기를 박듯 "너밖에 없어."라고 했지요. 그때 왜 호른이 떠올랐을까요. 대학에 들어간 딸이 했던 말이 하필이면 그때 떠오를 건 뭐랍니까.

딸은 중학교 때부터 한 사람이 한 악기를 연주해야 한다는 학교의 정책에 따라 호른을 불기 시작했어요. 그러다가 언제부턴가 모든 일이 호른을 중심으로 돌아가기 시작했죠. 2주에 한 번씩 호른을 부는 것은 성에 안 차는지 동호회를 알아보다가 금관악기만 모인 브라스밴드를 찾아냈어요. 문제는 브라스밴드 연습 공간이 우리가 사는 곳에서 너무 멀었지요. 그 큰 악기를 짊어지고 지하철을 타고 서울의 동쪽에서 서쪽까지 이동해 버스를 갈아타고 가면 두 시간이 넘게 걸리는데 포기하자고, 다른 곳을 더 알아보자고 했지만 딸은 요지부동이었어요. 그러다 브라스밴드 선생님의 권유로 나간 호른 독주 경연 대회에서 금상을 받은 이후 딸은 "엄마, 나 호른을 전공하고 싶어."라고 했지요. 쿵, 하고 뭔가 내려앉는 것 같았어요. 언제든 이런 말을 할 것 같았는데 그날이 온 거였죠. 이미 가고 싶은 예술고등학교도 정해놓았더라고요. 나는 나대로 급하게 예고에 대해 알아보기 시작했지요. 하나밖에 없는 딸이 하고 싶은 걸 정하고 그걸 하겠다고 2년 동안 그 먼 거리를 연습하러 돌아다녔는데 그것도 못 밀어줄까 싶어서요.

호른을 사야 하는데, 호른 가격부터 만만치 않았어요. 중학교를 졸업하면 악기를 반납해야 했거든요. 예고에 가려면 호른을 사는 것만이 아니라 전공 악기 선생님을 찾아 레슨도 받아야 했어요. 그러려면 장롱면허를 탈출해서 아이를 실어 날라야 하는 게 예고에 아이를 보내는 부모의 기본이었지요. 호른은 최저가 5백만 원, 레슨 선생님을 구하고 한 번에 30만 원에서 50만 원을 훌쩍 넘는 레슨비를 내려면 한 달 생활비가…… 계산기를 두드리며 고민하고 있는데 딸이 어느 날 할 말이 있다고 하더군요.

호른은 대학에 가서 불래.

내가 메모해 놓은 걸 봤나 싶어서 뜨끔했지요.

응? 왜?

그 짧은 순간에 다행이라는 생각이 끼어들었고, 명랑을 가장한 딸의 얼굴을 보니 다행이 아니구나 싶었어요.

대학에 오케스트라 있잖아. 거기 들어가서 불면 되겠어.

무슨 말이야? 그럼 예고는?

마치 내가 가기 싫다는 아이를 예고에 억지로 가라고 한 것 같았지요.

얼마 전에 늦게 온 날 있잖아. 그날 선생님한테 상담받았거든.

학교 오케스트라 선생님?

아니, 브라스밴드 선생님이랑 연습 끝나고 지하철에서 한참 얘기했어.

선생님이 뭐라고 했는데?

예고에 가면 해야 할 것들을 얘기해 주셨는데…… 선생님은 트럼펫을 전공했거든. 트럼펫은 전공자가 많은 편인데 호른은 호흡이 길어야 해서 여자보다 남자 전공자가 많고, 비인기 악기라서 레슨 선생님 찾기가 쉽지 않다는 거야.

레슨 선생님 얘기도 했어? 나도 찾아보고 있었거든.

그 말을 하면서 슬쩍 아이 표정을 살폈어요. 딸은 명랑한 척하는 게 아니라 뭔가 문제가 풀린 것처럼 홀가분해 보였거든요.

예고에 가면 과외로 레슨을 받는 게 당연한 거래. 난 그건 몰랐거든. 근데 그것보다 선생님이 악기를 전공하면 그 악기를 사랑하는 마음이 더 커질 줄 알았는데, 사회에 나와 보니 그게 아니더래. 오케스트라에 객원으로 불려 가는 게 다라는 거야. 내가 알기론 선생님도 알바를 두 개씩 하고 있거든. 나는 호른을 사랑하니까 호른은 취미로 하고 전공은 다른 걸 할 거야.

그때 전공을 접은 딸이 얼마 전 자기가 지금 대학을 선택한 이유가 그 대학에 오케스트라가 있어서라고 하더라고요. 포기한 게 아니었구나. 포기가 아니라 악기를 더 사랑하며 살 수 있는 쪽을 택한 거였구나. 다른 대학도 붙어서 남들은 다 그 대학을 갈 텐데 딸은 그보다 낮은 대학을 고르더라고요. 왜 그랬는지 그제야 알게 된 거였죠. 대학에 가더니 담배도 피우는 것 같았어요. 마음이 부대꼈던 걸까. 모른 척하다가도 미안하더라고요. 정말 미안했고 이 나이 되도록 모아놓은 돈이 하나도 없다는 자괴감도 들었어요. 이번에는 정말 어떻게 해서라도 호른을 사줘야겠다고 생각한 게 바로 선배가 찾아오기 며칠 전이었던 겁니다.

그럼 딱 1년만 할게요.

선배가 같이하자고 다섯 번째 권할 때 나도 잔을 들었다 놓으며 말했습니다.

어디 가서 법인 만든 초창기 멤버라고 명함 내밀려면 1년은 너무 짧지 않아?

12월의 밤이 깊어 갔어요. 다른 테이블의 손님들도 한 차례 사람이 바뀌고 다들 막차를 타러 일어나고 있었지요.

명함은 필요 없어요. 딱 1년이요.

선배는 주전자를 흔들며 마지막 한 방울까지 다 마셔야 한다는 듯 탁탁 털어 내 잔에 부었지요. "사실은 여기 오기 전에 이사장님들한테도 미리 얘기해 뒀어. 두 분 다 너라면 좋다고 적극 찬성하더라. 그런데……."라고 하다가 술잔을 내게 내밀며 "그래, 1년 동안 같이 해보자, 건배." 하며 잔을 부딪고는 단숨에 술잔을 비웠지요.

그런데 뭐요?

내가 묻자 선배는 말을 할까 말까 하다가 "연내에 내가 꼭 해야 할 일이 있어."라며 아직 결정된 것은 없으니 아무에게도 말하면 안 된다고 두 번이나 강조하고는 "한 여성 청년 노동자가 있었어. 35년 전에는 청년이었지만, 올해 정년을 맞아 퇴직을 해야 하는데, 그는 35년 동안 해고자로 살아왔거든. 너도 알지?" 하고 물었어요. 선배가 말한 여성 청년 노동자가 85호 크레인에 올라가 허공에 집을 짓고 300여 일을 버텼던, 함께했던 사람들은 전원 복직되었지만 정작 자신은 해고자로 남을 수밖에 없었던 그라는 걸 알 수 있었죠.

취기가 오르는지 선배는 그의 해고 사유가 뭐였냐면, 하며 웃기지도 않는다는 듯 허허 웃었지요.

뭐였어요?

해고 사유가 뭐였냐면, 그가 대의원 대회에 갔다가 그 소감을 종이에 적어서 동료 조합원들한테 나눠줬대. 회사의 열악한 근무조건 그런 걸 몇 줄 적었겠지. 그게 대의원 역할이니까. 근데 그걸 가지고 국가 공권력이 개입을 해가지고 왜 이런 글을 썼느냐, 왜 이런 생각을 하느냐, 배후가 누구냐면서 세 번을 잡아가서 고문을 한 거야. 나중엔 가택연금을 해서 출근을 막아버리고는 무단결근이다, 경찰조사를 받는 자다, 하면서 해고를 한 거야.

무단결근이라는 말에 나도 헛웃음으로 맞장구를 쳤지요.

그가 해고자로 자신의 존엄을 지킨 세월이 35년이야. 그걸 지켜주고 싶은데 네가 말한 것처럼 나도 엄두가 안 나. 이 겨울에 노숙에 단식을 어떻게 해나갈까, 진짜 이런 건 하고 싶지 않거든. 몸을 걸어야 하니까. 근데 그가 해고자가 아니라 퇴직자로 정년을 맞는 걸 꼭 보고 싶어. 그게 올해 말이거든. 그때까지 어떻게든 해볼 수 있는 건 다 해보자는 쪽으로 내가 가네. 그쪽으로 내가 기울어. 그를 위해 뭔가를 해야 하지 않을까. 아니 뭔가를 해야 해.

선배는 스스로에게 묻고 답하고 각오하듯 "그를 위해 뭔가를 해야겠어."를 반복했지요. 내가 출근할 거라고 승낙한 그 순간에 선배는 35년 동안 해고자로 살았던 한 사람을 위해 무언가 해야겠다고, 그 무언가가 노숙이고 단식이 될 수도 있다고 말하고 있었지요.

*

선배를 기다리는 사무실에서 내가 가장 많이 들은 음악은 베토벤 소나타 8번이었습니다. 이곳에 온 이후 민주, 그 아이가 떠올랐고 길 건너 남성시장을 돌며 필요한 용품들을 사면서 물어보기도 했어요.

혹시 이 시장에 수입 잡화점을 하는 곳이 있나요?

그릇이나 생활용품을 파는 잡화점 주인은 영수증만 줄 뿐 수입, 그런 건 없는데, 라고 했어요. 나는 민주보다 민주의 엄마 아빠가 더 궁금했던 걸지도 몰라요. 언젠가 민주에게 물어본 적도 있지만 민주는 "고민중한테 물어볼까?" 하며 웃기만 할 뿐 대답을 피했었지요. 당시 민주나 민중이라는 이름은 흔하지 않았거든요. 어떤 분들이기에 자식들 이름을 민주와 민중으로 지었을까. 남성시장에 갈 때마다 또 다른 잡화점이 있는지 살펴봤지만 민주의 부모님이 하셨다는 수입 물품을 파는 곳은 찾을 수 없었지요. 내가 민주의 부모님이 더 궁금해졌던 건 〈허공에의 질주〉를 보고 나서였어요.

〈정은임의 FM 영화음악〉 1기 마지막 날이었으니 1995년 3월 31일이었을 겁니다. 대학에 들어가고 나서부터 나는 새벽 3시까지 깨어 있는 날이 많았고, 그 시간에 라디오를 틀면 낮고 명랑하면서도 따뜻한 정은임의 목소리가 흘러나왔죠. 정은임이 마지막 방송을 하던 날을 잊을 수 없었던 건, 그 영화 때문이었어요. 그날 정은임은 자신의 인생 영화 다섯 편을 소개했어요. 젊은 날의 이상을 삶 속에서 실현하는 사람들을 보면 존경스럽고 그 용기에 감탄하게 된다며 자신이 영화 속에서 그런 사람을 발견했다고 했지요. 정은임이 "이 영화는 한 가족의 이야기인데요."라고 소개하던 영화의 줄거리는 본 적도 없는 민주의 엄마와 아빠를, 고민중이라는 오빠를, 피아노가 있는 미국으로 떠난 민주를 떠올리게 했어요.

젊은 날 폭력적인 반정부 활동으로 쫓기는 신세였던 부부가 아이 둘을 낳고도 여전히 한곳에 정착해 살지 못하고 이름과 머리색을 바꾸며 살아가다가 자신들의 과거가 음악에 재능이 있는 아들의 미래를 묶어놓은 상황과 부딪히며 '우리가 잘못 살아온 걸까.' 되묻는 부모의 대화를 소개하며 정은임은 비판적인 시각을 잃지 않았던 감독의 담담한 연출과 리버 피닉스의 상처 입은 착한 연기가 가슴을 파고들었다고 했지요. 리버 피닉스, 이름을 듣자마자 민주가 제목만 알려주었던 영화가 이 영화라는 걸 알수 있었죠. 그 후 찾아본 영화는 정은임처럼 내 인생의 영화가 되어버렸죠. 특히 리버 피닉스가 선생님 앞에서 피아노를 치던 장면은 우리가 춤을 추던 장면과 오버랩되면서 이상하게 이별의 느낌과 뒤섞이곤 했어요.

*

  유튜브에서 〈허공에의 질주〉를 검색해 리버 피닉스가 피아노 치던 장면을 찾았어요. 나 말고는 아무도 없는 사무실을 피아노 소리가 가득 채우고 있었죠. 이 영화를 보면 춤을 추게 된다던 민주의 말이 피아노 소리에 맞춰 춤을 추던 그날과 겹치며 민주의 표정에 얼핏 비치던 이별의 느낌으로 되살아나더군요.

  그날 나는 첫 담배를 민주와 함께 피웠습니다. 아다지오 칸타빌레가 몇 바퀴 돌았고, 춤을 추다가 털썩 주저앉았을 때, 민주가 턴테이블을 가리켰어요.

  응? 뭐?

  민주는 창으로 가서 "눈이 오네."라고 했지요. 그러면서 급하게 오빠의 외투에 손을 집어넣었어요.

  저 센강 건너편에 시장이 있어. 남성시장이라고 들어봤니?

  남성시장? 그럼 여성시장도 있겠네.

  다들 그렇게 말하더라. 우리 엄마 아빠는 거기서 수입 잡화점을 해.

  민주는 코트 안주머니에 다시 손을 넣으며 말했어요.

  잡화점이면 뭘 팔아?

술, 담배, 과자, 비디오테이프, 레코드판…… 없는 게 없어.

민주는 그 말을 하며 "있다!" 하고는 동그란 눈을 깜빡였죠.

뭐가 있어?

민주는 주머니에서 손을 꺼낼까 말까 하다가 얼른 꺼내 뒷짐을 졌어요.

뭔데 그래?

궁금해?

그럼 궁금하지.

우리 밖으로 나가자.

민주는 뒷짐 진 손을 풀지 않으며 밖으로 나갔어요. 옥상에는 하얗게 눈이 쌓여 있었지요. 아무도 밟지 않은 눈을 보며 "올해 첫눈이지?" 물었어요. "응." 내가 대답했죠.

나, 올해 첫눈이 오면 이거 꼭 해보고 싶었거든.

민주는 감췄던 그것을 손바닥에 올려 내게 보여주었지요.

이 담뱃갑 예술이다. 담배가 이렇게 예뻐도 되나?

영어로 쓰인 레인보우와 무지개가 그려진 담뱃갑이었죠. 그 안에는 같은 색이 2개씩 쌍으로 있는 필터가 있었는데 보라색은 빠져 있었어요.

이번에도 꽝이네.

꽝이라고?

레인보우는 한정판으로 보라색이 있는 담배를 판매하는데 사람들은 그걸 '행운의 레인보우'라고 부른대. 너는 무슨 색을 피울 거야?

민주가 물었지요.

먼저 골라.

무슨 색을 피울 거냐고 물으니까 당연히 피워야 할 것 같았죠. 그때 민주가 말했어요.

난 보라색.

보라색은 없잖아.

그냥 눈 감고 보라색이라고 생각하고 고를 거야.

그럼 난 빨강.

나도 민주처럼 행운의 레인보우인 보라를 생각하며 빨강을 뽑았지요. 민주가 뽑은 담배는 노랑이었어요. 노랑이지만 보라이고, 빨강이지만 보라이길 바란 담배를 한 대씩 들고 깊게 빨아들인 뒤 서로에게 연기를 내뱉으며 아다지오 칸타빌레가 이런 느낌이구나. 천천히 걸으며 노래 부르듯 자연스럽게, 그런 생각이 들었지요.

연기는 색깔이 없네.

이거 어지럽다. 넌 안 그래?

눈이 참 예쁘게도 온다.

난 핑핑 돈다. 이거 얇은 게 은근히 독하네.

우리는 옥상의 평상에 누워 대화라기보다는 각자 생각나는 말을 하며 담배를 피웠어요. 그러다 민주가 "나, 전학 갈 거야."라고 했지요.

응?

전학 간다고.

넌 전학 왔잖아.

피아노가 있는 곳으로 갈 거야.

거기가 어딘데?

이번에는 멀어.

지방으로 가니?

아니, 오빠랑 나만 거기로 가기로 했어.

그러니까 어디로?

미국에 이모가 있거든. 거기서 피아노를 전공하려고.

피아노가 있는 곳이네, 미국은.

민주는 대답이 없었어요.

그럼 전학이 아니라 유학이잖아.

'유학'은 그때까지 내가 생각해 본 적도 없는 단어였어요. 피아노를 전공한다는 것도, 유학도 그날 유달리 슬퍼 보이던 민주의 손가락도, 춤을 추며 자꾸 내게 뭔가를 말하려고 애쓰던 민주의 표정도 다 처음 맞는 눈 같았답니다. 유학, 이라고 말하며 담배를 깊게 빨아들였습니다. 민주도 "그러네, 유학이라고 해야겠네." 하며 담배 연기를 내뱉었습니다. 그날의 담배 맛은 머리가 핑핑 돌고 이상하게 눈물이 날 것 같은 거였어요. 그 마음을 담배에 담아 후- 하고 뱉어내며 한숨을 쉴 땐 내가 어른이 된 것 같았지요. 담배가 꺼지고 여전히 얼굴에 떨어지는 눈을 맞으며 언제 가느냐는 물음을 애써 삼켰습니다, 왜 그런지 모르겠는데 그건 언제 오느냐는 말과 같은 말이었거든요. 그건 민주도 알 수 없는 일일 테니까요.

선배, 내일이면 선배의 단식이 47일째 됩니다. 함께 단식했던 7명 중 4명이 쓰러졌다고 했지요. 부산에서 출발했던 그가 37일 동안 걸어서 서울 근교에 도착했다는 소식이 들려요. 내일이면 청와대 앞, 선배가 있는 농성장에 도착할 거래요. 언제 복직시킬 거냐는 말을 행동으로 보여준 것이 35년, 그런 그가 복직하는 걸 보여주겠다고 각오한 선배가 이제 만나겠네요. 32년 전 짧은 만남도 시간이 지나 이렇게 진한 여운을 남기는데, 35년 동안 해고자로 살아온 그의 삶은 어땠을까, 짐작도 할 수 없어요. 선배는 그의 몸에 남은 고문의 흔적에 대해 얘기했었죠. 스물여섯이었던 여성 청년 노동자의 몸에 얼마나 심한 고문을 했는지, 35년이 지난 지금도 뼈가 휘어 있고, 흉터가 남아 있다고요.

15킬로그램이 빠진 선배의 단식을 끝내려고 그가 걸어서 오는 길에는 가는 길마다 희망뚜벅이들이 함께 걸었다고 해요. 그가 황간역을 지날 때 왜 그렇게 빨리 걷느냐는 누군가의 물음에 그는 선배의 단식을 빨리 끝내려고 그런다고 했다죠. 지난해 끝났어야 할 그의 복직은 한겨울 46일 동안 노숙 단식을 해도, 투병 중인 몸으로 37일 동안 400킬로미터를 걸어도 해결되지 않앞지요. 내일이면 만나게 될 선배와 그를 떠올렸죠. 나는 그가, 선배와 함께 인간의 존엄을 지켜냈다고 생각했어요. 만난다는 건 이겼다는 말이라는 걸, 선배와 그가 몸으로 보여주었다고. 선배와 그가 만난다는 건 함께 걸었던 사람들의 마음을 흔드는 춤일 거라고. 나는 사무실을 가득 채운 피아노 소리에 맞춰 언젠가 민주가 그랬듯 혼자 춤을 추었습니다. 노래 부르듯 자연스럽게 내 몸에서 춤이 흘러나왔어요.

베토벤 피아노소나타 8번 〈비창〉

Beethoven: Piano sonata No.8 in C minor, Op.13 'Pathétique'

피아노 음악사에 있어서 바흐의 평균율 피아노곡집(The Well-Tempered Clavier BWV846-893)을 일컬어 피아노 음악의 구약성서라고 하고, 베토벤의 피아노소나타 32곡을 일컬어 신약성서라고 말하곤 한다. 이 말은 바흐와 베토벤에 의해서 피아노 음악이 얼마나 발전하고 테크닉적으로나 예술적으로 완성되었는지 보여준다.

베토벤의 피아노소나타들은 음악사에서 매우 중요한 산물로 평가받아왔기 때문에 피아니스트와 음악학자에게 늘 탐구와 도전의 대상이었다. 유명한 지휘자이자 피아니스트였던 뷜로(Bülow, Hans von 1830~1894)가 연주회에서 베토벤의 피아노소나타 32곡을 전부 연주해 낸 이후, 현대의 수많은 피아니스트가 베토벤 피아노소나타 전곡 연주회, 또는 베토벤 피아노소나타 전곡 녹음을 해냄으로써 그 작품의 위대함을 만방에 알렸다. 슈나벨이 최초로 전곡을 녹음했으며, 바크하우스, 켐프, 브렌델 등이 뒤를 이었다. 그중 브렌델(Brendel, Alfred 1931~)은 40대 시절에 베토벤 피아노소나타 전곡을 녹음한 뒤 어느 인터뷰에서 이렇게 말했다. "나는 베토벤과 영원히 함께 살아갈 것이다. 나는 언제나 베토벤의 작품에서 신비를 발견하며 이런 발견은 계속되어야 한다. 베토벤의 작품들은 대단히 복잡하며 그 작품 속에 투영된 새로운 통찰을 발견하는 일은 끝이 없기 때문이다." 브렌델은 생애 세 번이나 베토벤 소나타 전곡을 녹음했다.

피아노소나타 8번 〈비창〉은 베토벤 초기 소나타의 정점을 이루는 걸작이다. 그리고 극적인 아름다움을 자랑하는 악상으로 인해 대중들에게 매우 인기 있으며 자주 연주된다. 베토벤 초기의 작품들은 굳건한 고전파 전통의 틀 안에 있다. 연주 기교도 비교적 어렵지 않다. 베토벤은 작곡가이면서 당시 매우 유명한 피아니스트였다. 그의 피아노 실력은 모차르트와 비교해도 손색이 없었다. 그래서 초기작들은 피아노 작품에 집중되어 있다.

이 소나타는 1798년부터 1799년 사이에 작곡되었을 것으로 추정한다. 1799년 가을에 출판되었고 자필 악보는 남아 있지 않다. 베토벤이 빈으로 이주한 1792년부터 하일리겐슈타트의 유서를 작성한 1802년까지의 10년간을 베토벤의 초기 빈 시절이라고 부른다. 베토벤은 1795년 3월 빈에서 첫 번째 연주회를 열었는데 대성공을 거두었다. 특히 사람들을 놀라게 한 것은 그의 즉흥연주였다. 후원자도 생겼는데 리히노프스키 공작과 루돌프 대공이 그들이었다. 귀족들의 살롱에 초대받았고 그들의 자제들이 베토벤의 피아노 제자가 되었다. 브룬스비크의 딸 테레제와 요제피네, 귀차르디 백작의 딸 줄리에타가 그들이었다.

1795년과 1799년 사이에 베토벤은 피아노소나타를 무려 12곡이나 작곡했다. 그중 하나가 8번 〈비창〉이다. 같은 시기에 작곡된 작품으로는 여섯 개의 첫 현악 사중주, 피아노소나타 1번, 교향곡 1번이 있다. 베토벤은 자신의 32개의 피아노소나타 중 이 소나타에 처음으로 부제를 붙였다. '대 소나타 비창(Grande Sonate Pathétique)'이라고 직접 써넣은 것이다. 그 뒤 베토벤이 직접 부제를 붙인 것은 작품 번호 81a인데 그것에는 '고별 소나타'라고 붙였다. 흥미롭게도 차이콥스키도 그의 마지막 교향곡인 6번 교향곡에 '비창(Pathétique)'이라고 적고 있다.

그런데 프랑스어 'Pathétique'는 '비장한'이라는 뜻이므로 베토벤이 의도한 바대로 번역하자면 '비장미'라고 해야 옳을 것이다. '비창(Tristesse)'은 마음이 몹시 상하고 슬프다는 뜻이기 때문이다. 비장하다는 것은 슬픔 속에 장엄한 기운이 있다는 뜻이다. 어쨌든 한국을 비롯해 이웃 아시아 국가에서는 '비창'이라고 번역한다. 이 소나타를 쓰던 시기의 베토벤은 난청과 이명으로 고통받는 인기 피아니스트이자 작곡가였다. 그 혹독한 시련 속에서 그는 8번째 피아노소나타를 완성한 것이다.

1악장

다단조로 된 1악장의 도입부는 매우 무겁고도 어두운 밀집화성으로 첫 주제를 던진다. 악보 첫 장의 좌측 맨 위에 표시되는 나타냄말은 '그라베(Grave)'로 당시에 거의 쓰지 않던 것이었다. 이탈리아어로 '심각하게' 또는 '진지하게'라는 뜻이다. 하이든, 모차르트 등의 빈 고전파의 소나타들은 1악장을 '알레그로(Allegro)'로 시작한다. 알레그로는 이탈리아어로 '쾌활하게' 또는 '흥겹게'라는 뜻이지만 독일의 작곡가들은 그것을 박자에 있어서 '빠르게'로 해석했다. 한국에서도 알레그로는 '흥겹게'가 아니라 '빠르게'로 통한다. 아무튼 베토벤은 이미 이 소나타의 1악장에서 그만의 새로운 시도를 한다. 느리고 무거운 박자로 시작하는 것. 그럼으로써 부제 그대로 비장한 슬픔을 듣는 이에게 전하고 있다.

베토벤 특유의 악마적인 힘이 이 악장에서도 분출된다. 그 어둡고 무시무시한 분위기의 강렬한 사운드는 20대 청년이 창조해 낸 것이라고 믿을 수 없을 정도이다. 그러나 전반적인 분위기는 슬프다. 아마도 지금이나 그때나 불치병인 난청을 경험한 그의 심리, 불안한 미래에 대한 공포와 현재의 슬픔이 첫 악장에 반영됐을 것이다.

첫 도입부 뒤 오른손 멜로디가 빠른 스케일(음계)을 펼치고 도입부를 첫 주제로 쓰면서 오른손 멜로디가 전개될 때 왼손은 매우 폭발적인 힘을 가지고 저음부로 하강해 가는데 이것이 매우 개성 있다. 그러고는 악보 위의 나타냄말이 '알레그로 디 몰토 콘 브리오(Allegro di molto con brio 매우 빠르고 힘차게)'로 바뀌고 두 번째 주제(주된 선율)가 화려하게 펼쳐진다. 이렇게 태풍처럼 휘몰아치는 빠르기는 3악장에도 나타나고 후술할 〈월광〉 소나타 3악장에도 나타나는데 그것은 아마도 베토벤이 즉흥연주의 천재였고 그것으로 청중을 늘 사로잡았기 때문에 특기를 작품에 반영한 것일 테다.

세 번째 주제가 밝게 펼쳐지는 중에 모차르트와도 같은 발랄함을 잠시 보여주지만 곧바로 두 번째 주제로 돌아가고 마지막에는 도입부를 다시 재현한다. 그리고 두 번째 주제를 다시 재현한다. 그 뒤 또다시 세 번째 주제가 재현된다. 마지막은 두 번째 주제로 장식한다.

2악장

음악 비평가들은 베토벤의 음악에 있어서 멜로디에 대한 재능이 다소 부족하다고 지적하기도 한다. '악성樂聖'이라고 일컬어지는 베토벤의 음악에 대해서, 최고의 교향곡 작곡가라고 존경받는 베토벤에 대해서, 멜로디에 대한 재능이 부족하다고 말하는 것이 과연 합당한가? 누가 감히 이 위대한 작곡가를 향해 그런 폄훼를 한단 말인가? 하지만 베토벤의 음악에서 청중을 사로잡는 아름답고 뛰어난 멜로디를 찾기란 쉽지 않다. 그의 음악은 굳건한 성과 같은 완벽한 설계에 의한 결과물이지, 유명한 민요나 가곡에서 들을 수 있는 아름다운 멜로디에 의한 결과물은 아니다. 그의 9개 교향곡 중 대중적으로 인기 있는 3, 5, 6, 7, 9번을 예로 들어보자. 세상 사람들이 쉽게 기억할 만한 멜로디는 9번 교향곡 〈합창〉의 4악장 주제 정도만 꼽을 수 있을 것이다.

그런데 베토벤은 이러한 비평가들의 지적을 비웃기라도 하듯이 너무나 아름다운 멜로디를 창조해 냈는데 피아노소나타 8번 〈비창〉의 2악장이 그것이다. 악보 위의 나타냄말은 '아다지오 칸타빌레(Adagio cantabile)' 인데 '느리게, 노래하듯이'라는 뜻이다. 내림가장조 안에서 2악장의 주제는 서정적이고 우아하게 펼쳐진다. 두 번째 주제는 내림가단조인데 셋잇단음표의 반주가 붙어 있다. 첫 번째 주제와도 조화롭다.

소나타 형식은 제시부, 발전부(전개부), 재현부로 되어 있다. 비창 소나타 2악장의 재현부에 첫 번째 주제가 다시 나타나는데, 반주부에 두 번째 주제처럼 셋잇단음표가 붙어 있다. 이 탁월한 멜로디는 1982년에 터커(Tucker, Louise)와 스카벡(Skarbek, Charlie)에 의해 〈Midnight Blue〉란 팝송으로 리메이크되었다.

3악장

3악장의 나타냄말은 '론도 알레그로(Rondo Allegro)'이다. 론도는 주제가 삽입부를 사이에 두고 반복적으로 나타나는 형식이다. 다단조이지만 비창 소나타의 3개의 악장 중 가장 빠르고 활발하다.

강렬하고 도전적인 인상의 첫 주제가 제시된 뒤 즉흥곡 분위기의 두 번째 주제가 펼쳐진다. 그리고 밀집화성 형태의 세 번째 주제가 이어지고 다시 두 번째 주제가 펼쳐진 뒤에 첫 번째 주제가 반복된다. 코다(종결부)의 마지막 부분에서 론도 주제가 잠시 여리게 떠오르고 갑작스러운 포르티시모로 격렬하게 끝난다.

비창 소나타 3악장의 첫 주제는 2000년도에 반야(BanYa)라는 국내 뮤지션이 〈베토벤 바이러스〉라는 곡으로 리메이크해서 큰 사랑을 받았다. 이 곡은 전자 바이올리니스트의 주요 레퍼토리로 자리매김했다.

(추천 영상 검색어: Anastasia Huppmann-Beethoven, Piano Sonata No.8)

BEETHOVEN

Piano Sonata No.14 〈월광〉

QR코드를 스캔하시면
베토벤 소나타를 들을 수 있습니다.

"

후작님, 당신은 출생의 우연으로 존재하지만 나는 나로 인해 존재합니다.
세상에는 수천 명의 후작이 있을 수 있으나 베토벤은 오직 하나입니다.

– 1806년, 베토벤

"

달빛 아래, 우나 판타지아 una fantasia

서숙희

*

한 음에 한 걸음씩 한 걸음에 한 음씩
가깝지도 멀지도 않은, 다가오듯 멀어지듯
환상이 욕망하네요 속이 훤히 비치네요

**

조각조각 도끼로 찍어낸 선율들을
한 바늘 한 바늘씩 살을 뜨듯 꿰었어요
꿈인 듯 천사와 악마가 서로를 어루만져요

***

한밤은 달빛을 미친 듯이 부수어요
달빛은 발버둥치며 죽음처럼 몸을 떨어요
파국은 눈부시게 왔어요 프레스토 아지타토로

분사는 동사인데 형용사의 성격도 갖고 있습니다

김은지

내가 한창 영어를 가르쳤을 때
그는
심리상담을 받을까 하다가
영어를 시작했다고 했다

열심히 영어를 가르쳤을 뿐이지만
선생님은 좋은 분이에요
제 이야기를 들어주셔서 감사해요

일상적이라고 말하는 하루가
빠져나가듯
글자를 적듯
지나가는데

선생님 오늘은 공부하지 말고
그냥 하루 놀면 안 될까요
나란 사람은 이해한다고 고개를 끄덕여놓고도
과거 과거분사
진도를 나갔을 텐데

고슴도치는 뭐예요
양자리는요
실존주의는요

저만 모르는 거 아니죠
어제 대답하지 못했어요

내가 한창 영어를 가르쳤을 때
소나무는 알지만
목련은 몰랐어요
헷갈리는 단어는 저도 늘 헷갈리더라고요

선생님은 좋은 분이에요
숙제는
하려고 했는데 못 했어요
같이 활용을 외웠다

내가 영어를 가르쳤을 때
상담 대신 영어를 골랐다던 사람이
둘 셋
넷

베토벤 월광소나타—못

이병일

영월 청령포에 왔다
몸에 박힌 못을 찾으려고
못대가리를 뽑으면 천국에 갈 것 같으니까

그런데 못을 빼는 것보다
못에 박히면 죄를 씻을 수 있다고
벽에 걸린 의자들이 입술을 떼며 말했다

못보다
못대가리라고 말하면
못 끝엔 모자와 겉옷과 액자가 실금으로 웃는다
액자 속에는 밀밭을 벗어나지 못하는 까마귀떼와
삼나무와 오지도 않고
죽지도 않는 봄이 머물다가 갈 것만 같았다

특별한 것은 아니지만
오늘은 관음송이 꾀꼬리 울음을 꿴다
달은 물소리를 입고 밖으로 나간다
무릎이 지워지도록 걷는다
반짝, 까진 힘줄이 물비늘로 솟구친다

달을 보고 걷는 영월 사람아
못, 이란 세상을 쥐고
왜 산사람만 못 박혀야 하는지
질문하지 말자

못은 차갑고 단단하다
마침내 물도 소리도 못 박힌다
성경과 십자가 앞에서
벌레를 꾹꾹 눌러 죽인 나는
절반쯤 갈라진 소나무 그림자 속에서
내 기도를 물고 날아가는 흰새를 본다

유배라는 말은 불에 타지 않는 못이다
내 몸이 못이라는 것을 깨닫기 전까지
산 채로 죽을 사람이 죽은 사람을 위해 기도한다
그때 못은 못대가리의 주름을 접어 녹을 피운다

편지

권상진

너는 내가 없는 풍경
날마다 그곳에 나를 보낸다
세상의 말들은 너무 흔해서
그 말 먼발치에 두고 돌아서면
나는 어디에도 없는 사람

이런 밤은
먼 데서 달빛 몇 가닥 당겨와 오선을 긋고
심장에 오래 적셔둔 말들 건져내
너에게 편지를 적는다

세상에 없던 말들이
아슴한 달빛을 걸어 네게로 간다
들리는지 내 발자국 소리
너와 나 어디쯤을 밤새 서성이는 소리

숱한 사랑을 허물어낸 가슴
오래 비워둔 자리에 다시 터를 판다
지나온 모든 사랑은
닥쳐올 단 한 사랑 앞에 모두 허사였다*

---

* 김훈 장편소설 『칼의 노래』에서 변용

침착해요. 우리 상황에 대해 침착하게 생각해야 함께 살고자 하는
우리 목적을 이룰 수 있어요. 제발 침착해요. 나를 사랑해 줘요.
오늘, 어제. 당신을 향한 이 갈망은 얼마나 눈물겨운지.
당신, 당신, 나의 삶, 나의 모든 것. 안녕. 아, 계속 날 사랑해 줘요.
당신을 사랑하는 자의 충실한 마음을 절대 오해하지 마세요.
언제나 당신의
언제나 나의
언제나 우리의 L

– 1812년, 베토벤

늑대 인간

김도일

숨을 쉴 수가 없다. 공기를 얻지 못한 폐가 연탄불 위 오징어처럼 오그라든다. 수백 개의 얼음바늘이 심장 아래를 찌른다. 힘껏, 격렬하게 휘젓는 손에는 잡히는 게 없다. 의지와 상관없이 벌어진 입안을 물이 집어삼킨다. 의식의 끈이 끊어지려는 순간 발끝에 무언가 걸린다. 그것을 지지대 삼아 무릎의 반동으로 뛰어오른다. 파. 수면 위로 머리가 올라온다. 살았다……라는 생각을 하기도 전에 기관지에 경련이 인다. 기도로 들어온 물 때문이다. 캑캑거리며 고통에 겨운 호흡을 하는 중에도 몸은 물길을 따라 자꾸 떠내려간다.

유속이 느려지고 발작하듯 뱉어지던 기침이 잦아들자 주위의 상황이 눈에 잡힌다. 짙은 황토색 물이 형광등 바로 아래에서 출렁거리고 있다. 쓰레기들이 띠를 이루어 게으른 뱀처럼 꾸물거렸고 자동차들이 뒤꽁무니만 남긴 채 서서히 가라앉는 중이었다. 천장과 수면 사이는 약 한 뼘, 페인트칠을 하얗게 한 천장이 누런빛을 받아 더 창백하다. 내가 붙잡고 있는 것은 천장을 따라 연결된 적갈색 파이프. 얼굴을 바로 하면 입이 물에 잠겨 코로만 숨을 쉴 수 있고 고개를 뒤로 젖혀야만 제대로 호흡을 할 수 있다. 지금 내가 어떤 상황에 놓여 있는지 헤아려 보기도 전에 팍, 소리와 함께 조명들이 모두 나가버렸다. 주위도, 머릿속도 완전한 어둠이다.

태평양 남쪽에서 생긴 올해 열한 번째 태풍은 중국을 향해 가다 오키나와에서 갑자기 방향을 틀어 거제도로 상륙했다. 기상 특보는 바다에서 물주머니를 가득 채워 뭍으로 올라온 태풍이 역대급으로 많은 강수량을 기록할 것이라고 반복해서 알려주었다. 뉴스는 태풍이 시속 50킬로미터의 속도로 북상하여 우리 지역을 지난 후 동해로 빠져나갈 것이라고 예상했다.

어제 오후 반차를 내고 차로 두 시간 거리인 본가로 갔다. 비가 아무리 온들 아파트인 우리 집은 영향이 없겠지만 오래된 한옥인 부모님 집은 몇 가지 조치가 필요할 것 같았기 때문이다. 3년 전, 짧은 시간에 많은 비가 한꺼번에 내린 때가 있었다. 양동이로 물을 들이붓듯 쏟아내는 비는 시골 마을 도랑이 감당할 수 있는 배수량을 한참이나 넘어서는 것이었다. 마을 뒷산에서 내려온 사나운 물길이 순식간에 도랑의 흔적을 지워버리고 길들을 잡아먹은 후 마당에 들어와서 집 내부를 노렸다. 팔순을 훌쩍 넘긴 두 노인네가 피할 시간 따위는 안중에 없었다. 다행히 집이 침수되기 직전에 빗줄기가 가늘어지고 마당의 수위도 낮아져 별일은 없었지만 부모님은 비 소식만 들리면 과민 반응을 보이셨다.

건재상에 들러 자루 꾸러미를 구입한 뒤 강변에 있는 모래밭에서 모래를 채웠다. 육십여 개의 모래 자루를 실은 SUV 꽁무니가 타이어와 부딪칠 듯 내려앉았다. 아직 비는 오지 않았지만 구름이 제 무게를 이기지 못하고 통째로 떨어질 것 같았다. 남쪽에서 불어오는 바람에 모래들이 들고 일어났다. 서늘했지만 습기를 잔뜩 머금은 바람에 축축해진 윗옷이 등에 달라붙었다. 앞바퀴가 들릴 것처럼 위태로운 차를 집 앞에 세우고 모래 자루를 대문 기둥 사이에 차곡차곡 쌓았다. 절반 정도 올렸을 즈음에 툭, 투둑, 새끼손가락만 한 빗방울이 떨어지기 시작했다.

눈에 보이는 것이 없어지자 다른 감각들이 예민하게 살아났다. 제일 먼저 반응한 것은 후각이었다. 민물 특유의 비릿하고 니글거리는 냄새가 아래에서부터 스멀거리며 올라왔다. 물에 잠긴 차에서 기름이 흘러나오는 듯했다. 점점 짙어지는 기름 냄새에 속이 울렁거리고 머리가 아팠다. 고요 속에서 알 수 없는 작은 소리들이 끊임없이 귀를 건드렸다. 몸에 팔에 소름이 돋고 턱이 덜덜 떨리기 시작했다.

주머니에서 휴대폰을 꺼냈다. 안테나 막대기는 한 개, 배터리는 38퍼센트였다. 아내의 단축번호를 눌렀지만 신호만 갈 뿐 받지 않았다. 이어 현아와 아버지의 번호로도 전화를 걸었지만 소용이 없었다. 통화는 일단 포기하고 플래시 버튼을 눌렀다. 희고 강력한 빛이 나왔지만 멀리 나아가지는 못했다. 휴대폰 조명에 드러난 광경은 전기가 나갔을 때와 별반 다르지 않았다. 매달린 배관을 따라 출구 쪽으로 가려면 천장에서 내려온 내력보 아래로 잠수를 해야 했기에 불가능했다.

"저기요. 아무도 없어요? 여기 사람 있습니다. 이봐요? 여기 불빛 보이면 대답 좀 해주세요!"

힘을 짜내 내던진 목소리가 벽에 튕겨 되돌아왔다. 간격을 두고 몇 번 더 소리쳤지만 결과는 매한가지였다. 플래시 조명을 끄자 사방은 다시 깜깜해지고 액정 화면만 빛을 발했다. 한 손으로 파이프에 매달린 채 다른 손으로 휴대폰을 바지 주머니에 넣다 놓쳐버렸다. 다시 어둠이었다.

이 많은 물은 어디에서 왔을까? 단지 앞 하천이 넘친 것은 아니겠지. 그 넓은 천이 넘쳤을 리 없어. 지금까지 그 많은 태풍을 겪어도 한 번도 그런 적이 없었잖아. 더구나 둑도 만들고 돌다리도 놓고 몇 년 동안 공사를 했는데, 모르는 내가 봐도 수십억은 더 들었을 텐데 그렇게 허술하게 공사를 했겠냔 말이야. 물이 넘칠 것 같았으면 벌써 공무원들이 대피하라고 했겠지. 그럼 도대체 왜……?

생각을 할수록 의문들만 많아져 다른 것을 떠올려 보기로 했다. 기억 속을 헤집어 살면서 경험했던 완벽한 어둠에 대해 찾기 시작했다. 어릴 적 겨울, 할머니와 같이 덮고 자던 두꺼운 솜이불 속. 사진관 아들인 친구를 따라 들어갔던 암실. 밤이면 섬 전체에 등화관제가 이루어지던 백령도의 그믐밤. 전신마취가 필요한 수술을 받고 깨어나기 직전. 그리고, 그리고…… 몇 시쯤 되었을까? 다시 어둠에 집중하려 했지만 한 번 떨어진 집중력은 다시 올라오지 않았다. 과거에서 거두어진 생각은 재빨리 현재 상황으로 되돌아왔다. 앞이 깜깜한 상황이었다.

아내는 내가 이렇게 있는 것을 알까? 지금쯤 지하 주차장이 물에 잠겼다는 건 알았을 거고, 내 소식을 몰라 발을 동동 구르고 있겠지. 부재중전화 많이 들어왔겠다. 심성이 보드랍고 기가 약한 여자라서 견디기 힘들 텐데 걱정이네. 부모님과 처가에는 알렸을까? 119에 신고는 했을 테고. 현아는 아직 자고 있으려나? 어제저녁에 아이폰으로 바꿔 달라는 것 가지고 괜히 목소리를 높였어. 얼마나 한다고 그냥 사준다고 할걸. 나가게 되면 현아 손잡고 폰 가게부터 가야겠어. 방에 들어가서 자는 거라도 한 번 살피고 나올 걸 그랬나 봐. 일어나서 아빠 없어진 거 알고 많이 안 놀랐으면 좋겠다.

회사에서는 무단결근인 줄 아는 것 아냐? 그런 적은 한 번도 없었는데 말이야. 아내한테 전화하려고 비상 연락망을 뒤지겠지? 회사도 강 옆, 지대가 낮은 곳에 있어서 물에 잠겼을 수 있겠군. 여기가 이 정도 됐으면 거긴 분명 사달이 났을 거야. 공장 앞 야적장에 인천과 마산으로 실어 보내야 할 제품들이 쌓여 있었는데 큰일이네.

물이 들어차기 전 나 말고도 여러 사람이 있었는데 그 사람들은 어떻게 되었을까? 운 좋으면 여기를 벗어났겠고, 아니면 저편 어딘가에 나처럼 이렇게 있을 수도. 그것도 아니면, 아니면…… 아냐, 아니지, 아닐 거야. 사람 목숨이 그리 쉽게 그리 허무하게 끊어지겠어? 내가 제일 운이 나쁜 경우겠지. 이제껏 큰 부침 없이 살았다고 인생에 한 번은 겪어야 할 큰일 겪느라 이런 일이 닥친 걸 거야.

이 상황을 견디려면 모든 걸 긍정적으로 생각할 필요가 있었다. 백화점이 무너져 열흘이 넘게 잔해에 깔려 있다가 구조된 사람들과 탄광 붕괴 사고에서 살아 돌아온 사람들의 수기를 본 적이 있었는데 공통으로 했던 얘기가 긍정적인 생각으로 견딜 수 있었다는 것이었다. 살아서 나가려면 먼저 내 마음부터 단단하게 싸매는 게 필요했다. 죽을 생각 대신 살 궁리를 먼저 해야 한다. 버티기만 하면 곧 구조대가 와서 구해줄 것이다. 우리나라가 어떤 나라인데. 다른 나라에서 지진이 나면 구조대를 파견할 정도로 뛰어난 기술과 시스템을 갖춘 대한민국인데. 지금쯤 물을 퍼내고 있든, 잠수부를 동원하든 시도를 하고 있을 것이다. 난 그저 용기를 잃지 않고 기다리기만 하면 된다. 그러면 아내와 현아가 기다리고 있는 집으로 돌아갈 수 있다. 내가 겪은 일을 아주 자세하게 얘기해 줘야겠다. 아니다. 먼저 품에 두 사람을 꼭 안고 싶다.

한기가 들었다. 아무리 여름이 막 지난 시기라 해도 몇 시간째 물에 잠겨 있다 보니 체온을 빼앗기고 있는 모양이다. 이런 경우 몸에 옷을 걸치기보다 벗는 게 낫다는 것을 군대 전투 수영의 경험으로 알고 있다. 윗옷을 벗어 왼손과 파이프를 한데 묶었다. 이러면 힘이 빠지더라도 떠내려가거나 가라앉을 일은 없을 것이다. 체온을 유지하려 쉬지 않고 다리를 앞뒤로 흔들었다. 덜덜거리던 턱이 조금씩 잦아들었다. 군대에서 경험한 것이 효과가 있자 손톱만 한 자신감이 생겨났다. 그래, 이 정도 역경은 아무것도 아니다. 내가 바로 귀신도 때려잡는다는 해병대 병 982기이다. 서쪽 맨 끝 백령도에서 북한 땅을 코앞에 두고 24개월을 뺑이 친 무적의 용사. 살점이 뜯겨 나가는 듯한 바람에 오히려 바닷속이 따뜻했던 기억에 비하면 지금은 온천욕이지. 오랜만에 〈해병의 긍지〉 한번 외워볼까. 처음에 어떻게 시작했더라? 옳지, 나는 국가전략 기동부대의 일원으로서 선봉군임을 자랑한다. 하나⋯⋯.

이른 시간 누웠다가 빗소리에 잠에서 깬 것은 자정을 조금 넘긴 시간이었다. 유리를 때리는 비가 견고한 새시 창문을 흔들었다. 커튼을 열고 밖을 내다봤다. 오래된 아파트의 나이만큼 덩치가 큰 나무들이 가지를 잃지 않으려고 힘겹게 버티고 있었다.

나란히 주차된 차들이 가로등 붉은 조명 아래서 신음을 내며 빗방울을 튕겨냈다. 알 수 없는 불안감을 누르며 다시 자리에 누웠다. 현실과 꿈 사이를 왔다 갔다 하는 신산한 잠자리였다.

날카로운 버저 소리에 화들짝 놀라 일어나 앉았다. 관리실과 연결된 스피커에서 나는 소리였다. 곧이어 지직대는 잡음 사이로 관리실 직원의 목소리가 들렸다. 탁자 위 디지털시계는 하얀 불빛으로 4시 30분을 표시하고 있었다.

"현재 101동과 102동 뒤편 주차장에 물이 차고 있습니다. 차량이 침수될 위험이 있으니 해당 지역에 주차한 세대는 다른 곳으로 이동해 주시길 바랍니다."

"현아 아빠, 어떡해? 내 차가 거기 주차돼 있어. 지하 주차장에 자리가 없어서 할 수 없이……."

"그래, 나도 어제 지하에 내려갔다가 제일 안쪽에 겨우 자리 하나 찾았어. 평소에는 여유가 좀 있을 시간이었는데 말이야. 사람들이 비온다고 다 밑에 주차했나 보다. 차 키 주라. 내가 옮기고 올게."

신발장에서 일회용 비옷을 찾아 입고 집을 나섰다. 정수리와 어깨에 떨어지는 물줄기에 묵직한 타격감이 느껴졌다. 바람을 안고 걸음을 옮기는 것이 더뎠다. 밀리지 않기 위해 상체를 앞으로 구부렸다. 비옷에 달린 모자는 붙잡지 않으면 안 되었다. 비옷 제일 위 단추 옆이 바람을 이기지 못하고 찢어졌다. 한 손으로 앞섶을 여미고 다른 손으로는 모자를 단속하며 천천히 주차장으로 향했다. 물은 복사뼈가 잠길 정도로 잠겨 왔다.

지대가 높은 곳을 찾아 차를 몰았다. 단지 옆 4차선 도로를 사이에 둔 하천에는 불어난 물이 100미터 폭의 둑 사이에 있던 산책로와 공원을 집어삼키고 다리 밑을 아슬아슬하게 지나 바다를 향해 항해 중이었다. 느릿한 것 같지만 교각을 부러뜨릴 듯이 부딪는 기세에 아찔해져 잠시 차를 세웠다.

흠뻑 젖은 채로 집에 왔다. 비닐로 된 비옷은 아무 소용이 없었다. 현관에서 수건을 받아 일단 머리를 닦고 겉옷을 벗은 뒤 속옷 차림으로 욕실로 향했다.

"현아 아빠, 눈이 왜 그래? 어머, 실핏줄이 터졌나 봐. 흰자위가 빨개."

옷을 갈아입고 나오는데 아내가 내 얼굴을 보며 말했다.

"눈에 비가 들이쳐서 그럴 거야. 말도 마. 비 맞은 게 아니라 안마 의자에 한참 앉아 있었던 기분이네."

"아파트 단지에 물이 들어온 건 처음이다, 그치? 이거 좀 마셔. 몸 좀 풀리게."

아내로부터 뜨거운 생강차를 받아 소파에 앉아서 리모컨을 들었다. 지상파와 뉴스 채널은 모두 기상특보 방송으로 채워졌다. 좀 전에 보았던 하천의 광경도 나왔다.

"여보, 이리로 와서 TV 한번 봐봐. 지금 우리 동네 나온다."

안방에 누워 있는 아내를 부르는데 스피커에서 또다시 방송이 흘러나왔다.

"관리실에서 알립니다. 지금 단지 앞 하천의 수위가 점점 높아지고 있다고 합니다. 범람할 것에 대비하여 지하에 차를 주차한 세대는 즉시 차를 이동하여 주시길 바랍니다. 다시 한번 알려드립니다."

설마 하면서도 자동차 열쇠를 들고 자리에서 일어났다. TV 화면 아래에 표시된 시간은 5시 50분이었다.

〈해병의 긍지〉를 외우고 이어 기억나는 군가를 열 곡쯤 불렀는데 마지막 두 곡은 소리를 내다 말다 흐지부지 끝났다. 배가 너무 고팠기 때문이다. 새벽에 마시다 남긴 생강차 생각이 간절했다. 뜨듯한 순댓국과 시원한 대구탕, 청양고추를 넣고 칼칼하게 끓인 라면을 생각하니 침이 가득 고여 뱉어냈다. 튀기듯 구운 삼겹살의 색깔과 소고기의 노릿한 냄새, 양꼬치구이에 묻은 발간 쯔란 가루를 생각할 때 몸이 부르르 떨리며 소변이 빠져나갔다. 기름에 튀기고 숯불에 굽고 물에 푹 삶은 닭들 때문에 손에 힘이 빠져 아까 묶어두지 않았으면 파이프를 놓칠 뻔했다. 음식을 떠올리는 것은 괴로움만 더할 뿐 아무런 도움이 되지 못했다. 다른 곳으로 주의를 돌리려 이런저런 생각을 떠올렸지만 한번 자각된 배고픔은 쉽사리 가라앉지 않았다.

애써 모른 척했던 현실의 자각과 억지로 눌러놓았던 죽음의 공포가 가슴 저 아래에서 울컥하고 올라왔다. 마음에 생긴 작은 구멍으로 스며든 비관과 부정의 구정물들이 순식간에 둑을 무너

뜨렸다. 이대로 죽을지 모른다는 생각이 소용돌이를 만들자 이성은 곧바로 거기에 빨려들었다. 가슴이 옥죄어 오고 심장이 다시 방망이질 쳤다. 울음이 터졌는데 꺼억꺼억 소리만 나는 갑갑한 울음이었다. 우는 법을 잊어버린 것 같았다.

"아무도 없습니까? 여기 사람 있습니다. 저 좀 살려주세요. 제발요. 살려, 살려주세요……"

벽에 부딪힌 목소리는 마치 어둠이 조롱하듯 나를 따라 하는 것처럼 들렸다. 배부른 고양이가 잡은 쥐를 가지고 놀다 싫증이 나면 죽여버리는 것처럼. 그때까지 내 의지대로 죽지도 못한다. 죽음이 다가올 때까지 기다릴 뿐 내가 죽음에 다가가지 못하는 것이다.

"으아악, 여기 사람 있다고 씨발 놈들아! 나 좀 살려달라고."

한 손은 파이프에 매달린 채 몸부림을 쳤다. 내 격렬한 움직임에 따라 물이 무심하게 찰랑거렸다.

내가 죽으면 우리 현아가 얼마나 슬퍼할까. 내년에 중학교 들어가면 아빠 없는 애라고 따돌림도 당할 텐데. 아빠도 없는데 나쁜 놈 만나서 교제 폭력이라도 당하면 어쩌지. 나중에 시댁에서 아빠 없이 자랐다고 무시당하면 안 되는데. 현아 두 살 때 마트에 데려갔다가 오줌 마려워 칭얼거린 것도 모르고 혼낸 게 너무 미안했다. 어린이날 놀이공원에서 뽑기를 한다고 돈 달라고 할 때 잔소리 안 하고 줬으면 좋았잖아. 생리통에 누워 있는 줄도 모르고 공부 안 한다고 버럭 했던 적도 있었지. 얼마나 아빠가 원망스러웠을까. 부부 싸움도 아이 앞에서 해선 안 되었어. 엄마 아빠를 번갈아 보며 눈치를 살피던 겁먹은 눈빛이 생각나. 내가 애한테 무슨 짓을 한 거지?

아무리 세상이 좋아졌다고 해도 여자 혼자 애 키우는 게 쉽지 않은데 현아 엄마는 잘 견딜 수 있을까? 속은 강한 여자니까…… 그래도 많이 힘들겠지. 아직 아파트 대출금하고 자동차 할부금도 많이 남았는데 내 회사 퇴직금이랑 보험금을 합해도 그거 제하면 얼마 되지도 않겠는걸. 가게라도 하나 차릴 돈이 돼야 두 사람 먹고 살 텐데. 나한테 시집와서 고생만 했는데, 제 친구들 다 가지고 있는 비싼 가방은커녕 제대로 된 정장 한 벌 없는 여자인데. 연애하다 헤어졌을 때 잠깐 만났다던 그 남자랑 결혼했으면 차라리 더 나았을까? 아직 젊은 나이인데 다른 사람이 생기겠지. 그래도 재혼은 안 했으면 좋겠는데 내 욕심일까?

코가 꽉 막히고 눈물이 내내 쏟아졌다. 울음이 올라와 숨을 쉬기가 힘들었다.

"현아야, 아빠가 미안하다. 사랑한다 우리 딸. 여보, 내 지금 너무 무서워. 정은아, 현아 잘 부탁해. 현아 엄마, 미안해."

딸과 아내에게 전하는 절규는 부모님과 형, 누나로 이어졌고 몇 안 되는 친구와 회사에서 친하게 지내는 동료에 이르러 체력이 바닥나서야 멈추었다. 그렇게 속에 있는 것을 쏟아내고 나니 마음이 좀 진정되는 기분이었다. 많은 말들이 나왔지만 원망의 내용은 하나도 없었다. 이십여 년 전, 어느 광인이 지하철에 불을 질러 많은 사람이 목숨을 잃었을 때 희생자들이 마지막으로 보낸 문자에도 고맙다, 미안하다, 사랑한다는 말이 전부였다는 것이 기억났다. 나도 모르게 헛웃음이 터졌다.

　한동안 격정의 시간이 지나자 다시 적막이 찾아왔다. 가슴 가운데에 휑하니 바람이 일었다. 기운도 이성도 공포도 빠져나간 자리를 체념이 대신 채웠다. 어디서 물방울 떨어지는 소리만 들렸다. 뜨나 감으나 별 차이 없는 눈을 감고 파이프에 묶인 채 가만히, 그렇게 가만히 있었다. 똑똑 떨어지는 소리가 서서히 다가오는 발소리처럼 들렸다. 자박자박 규칙적으로 다가오는, 어디쯤 왔는지 가늠은 안 되지만 곧 나를 품에 안을 죽음의 소리.

　까무룩 잠이 든 모양이다. 어쩌면 육신이 혼에서 분리되기 전 겪는 현상인지도 몰랐다. 수면의 진득한 늪에 저항 없이 빠지고 있는데 머리카락 같은 소리가 귓밥을 간질였다. 처음에는 부유물이 내는 하찮은 것으로 여겼던 소리는 점점 굵어지고 또렷해졌다.

　"저기요? 아저씨."

　눈을 뜨고 소리의 방향을 찾았지만 벽에 반사되어 사방에서 울리는 탓에 위치를 알 수 없었다.

　"거기 누구 있어요?"

　"502호 아저씨 맞죠? 아저씨 저 보현이에요. 501호 둘째."

　"보현이? 진짜 보현이니? 살아 있었구나."

"예, 와 진짜 여기서 아저씨를 만나다니…… 전 또 아무도 없는 줄 알고 진짜 쫄았거든요."

"그래 보현아. 넌 어쩌다가 여기 들어온 거야? 아까 아저씨가 누구 있냐고 막 소리 질렀는데 못 들었어?"

"아뇨, 못 들었어요. 새벽에 방송 듣고 아빠하고 왔다가. 아빠는 아빠 차 몰고 먼저 나가고 저는 누나 차 운전해서 나가다가 앞에 차들이 움직이지 않길래 기다리는데 갑자기 물이 불어나서요. 안 되겠다 싶어 차에서 내리자마자 휩쓸렸고…… 다음엔 기억이 없어요. 그러다가 정신이 오락가락하는데 아저씨 목소리가 들렸어요. 아저씨 어떻게 된 거예요? 우리 지금 갇힌 거예요?"

"그런 것 같아."

"헐이네 헐. 근데 이 많은 물은 어디에서 온 걸까요?"

"글쎄 나도 잘 모르겠다. 아무리 생각해 봐도 요 앞 하천이 넘친 것이라고밖에. 아니면 쓰나미처럼 바닷물이 밀려 들어왔거나."

"우리 구조될 수 있겠죠? 아 씨, 게임하다가 잠시 나왔는데. 지금 울 아빠도 난리 났겠는데요. 누나는 차 뽑은 지 두 달밖에 안 됐는데 아까워서 어쩌죠?"

아직 상황 파악이 제대로 안 된 건지, 강심장인지 헷갈리게 하는 보현의 말에 어이가 없었지만 그게 오히려 내 마음을 진정시켜 주었다. 이야기를 주고받을 사람이 있다는 것 자체가 큰 힘을 주었다. 상황이 끝날 때까지 이 철없는 아이를 돌보고 살려서 나가야 한다는 책임감도 생겼다. 덕분에 삶에 대한 의지가 다시 조금씩 살아나는 것 같았다.

"당연히 구조될 수 있지. 조금만 기다려 봐. 곧 물이 빠지고 119 대원이 보트를 타고 나타날 거야."

믿음을 줄 수 있도록 단호하지만 차분하게 이야기했다. 보현에게 얘기하고 나니 정말 말대로 될 것 같기도 했다.

"근데 넌 외지에서 대학 다니지 않았니? 방학 때도 아닌데 왜 여기 있어?"

"오늘이 엄마 제사여서 어제 내려왔어요. 누나가 저녁에 택시 타고 출근하는 바람에 제가 누나 차 옮기러 왔고요. 아시죠? 저희 누나 경찰인 거. 지금 시청 옆 파출소에서 근무하고 있어요."

"알지 그럼. 그래 너희 엄마 제사가 이맘때였지."

보현이네는 한때 아파트 상가에서 문방구를 했었다. 보현의 엄마는 십 년 전 위암으로 세상을 떠났는데 우리가 이곳으로 이사 왔을 때도 이미 투병 중이었다. 문방구 유리창 너머 어깨에 담요를 두르고 계산대에 구부정하게 앉아 있던 깡마른 여인과, 현관 앞에서 마주칠 때마다 살짝 고개를 숙이던 여인의 반투명한 미소가 생각났다. 유독 큰 보름달이 비현실적이었던 밤, 친구와 술 한잔하고 휘적휘적 걸어오다 본 문방구 입구에 '喪中'이라고 적힌 등도 기억났다. 중학생 딸과 초등학생 아들을 두고 아내가 떠난 뒤 보현의 아빠는 부부가 꾸려가던 문방구를 정리하고 인근 철강 공장에서 경비 일을 하며 애들을 키웠다. 문방구가 있는 곳은 치킨집으로 바뀌었다.

"아저씨 혹시 휴대폰 가지고 있어요? 전 아빠가 급하게 부르는 바람에 열쇠 하나만 달랑 가지고 나왔거든요. 플래시를 켜서 주위를 한번 비춰보고 싶어요. 아니, 지금 몇 시쯤 됐는지만 알아도 덜 답답할 것 같아요."

"있었는데 바닥에 떨어뜨려 버렸어. 그런데 그게 오히려 잘됐다는 생각이 들더라. 시간에 대한 감각이 살아 있으면 견디기가 더 힘들 거야. 전에 무너진 건물에 깔렸다가 구조된 사람을 인터뷰한 것을 본 적이 있는데 시간 감각이 없어서 하루 정도 지난 줄 알았대. 그 사람도 열흘 넘게 그 속에 있었다는 것을 알았다면 못 견뎠을 거야."

"아무것도 안 보이는 곳에서 아무것도 안 하고 있으니까 이것저것 옛날 생각들이 막 떠올라요. 예전에 제가 친구하고 자전거 훔치려다가 아저씨한테 들켰었는데 기억나세요?"

"그래, 그런 일이 있었지."

"계단 난간에 감긴 쇠줄을 자르느라 용을 쓰다가 아저씨한테 뒷덜미를 잡혔었지요. 아저씨를 그날 처음 봤으니까 우리 앞집에 이사 온 지 얼마 안 된 때였을 거예요. 아저씨가 사는 곳과 학교를 물어봐서 이제 죽었구나 싶었죠. 학교 가면 교무실에 불려 갈까, 집에 오면 아빠가 야단칠까 싶어 며칠 동안 잠을 못 잤어요. 근데 한참이 지나도 잠잠하더라고요. 이번 일만 조용하게 넘어가면 다시는 나쁜 짓 안 하겠다고 자기 전에 기도했던 게 효과가 있었나 싶었죠. 그때 고마웠습니다. 덕분에 정신 차릴 수 있었어요 하하. 근데 왜 안 이르셨어요?”

  “글쎄다. 바로 앞집 애라는 걸 알게 되니까 앞으로 자주 볼 사이인데 굳이 일을 크게 만들 필요가 있나 싶었지. 완전히 겁에 질린 네 눈을 보니까 평소에 그런 짓 하고 다닐 애는 아닌 것 같았고. 근데 그 친구는? 머리를 노랗게 염색하고 한눈에 봐도 불량기가 철철 넘쳤던 걸로 기억나는데…… 친했었냐?”

  “걔가 우리 학교 일진이었는데 당시에 잠깐 어울렸어요. 저도 집에 가면 맨날 아픈 엄마가 누워 있어서 밖으로 나돌던 때였거든요. 그런데 그날 이후로 다시 멀어졌어요. 제가 일부러 멀리하기도 했고 그놈도 아저씨한테 학을 뗐는지 저를 안 끼워주던데요. 지금은 연락도 안 하고 뭐하고 사는 지도 몰라요.”

  대화는 계속되었다. 대화라기보다는 보현이 주로 이야기하고 나는 듣기만 하다가 물음에 반응하는 정도였다. 그러다가 어느 순간부터는 그것마저도 하지 않게 되었다.

  어릴 적 시골에서 살다가 부모님이 누나만 데리고 도시로 가서 자기는 한동안 할머니와 살았다는 것. 화학 공장에서 일하던 아빠가 폐가 안 좋아져 문방구를 하게 되었다는 것. 초기에는 돈이 없어 문방구에 달린 방 하나에 네 식구가 살았는데 그때가 제일 행복했었고…… 늘 바쁜 부모님을 대신해서 누나가 어린 보현을 거두었다는 것. 그럼에도 누나는 공부를 아주 잘해서 장학금을 받고 대학에 갔다는 것. 빨리 돈을 벌고 싶지만 아빠의 바람대로 사범대에 갔고…… 내년에 군대에 갈 계획인데 전역한 뒤 복학하지는 않을 거라는 것. 엄마가 보고 싶지는 않지만 엄마 있는 친구들이 부럽고, 내 안에 있어야 할 무엇이 없다는 걸 느끼지만 그게 뭔지 모르겠다는 것. 아빠가 재혼을 했으면 하는데 한편으로는 뺑덕어멈 같은 새엄마가 올까 걱정도 되고…… 어릴 땐 누나하고 비교당하는 게 싫었다는 것. 아빠가 살이 점점 빠져서 걱정이고 나중에 누나랑 둘만 남게 된다는 생각만 해도 눈물이 난다는 것. 살을 빼고 근육질의 몸으로 만들고 싶지만 먹는 것과 게임이 너무 좋다는 것. 대학 가면 바로 여자 친구가 생길 줄 알았는데 아직 없고…… 같은 과에 짝사랑하던 여자가 있었지만 차가 있는 복학생 형과 사귄다는 것. 그래서 더 전공에 흥미를 잃었다는 것. 어떻게 살아야 할지 고민이 되지만 빨리 나이를 먹었으면 좋겠고…… 보현의 이야기는 끊어졌다가 이어지기를 반복했고 다시 이어질 때마다 목소리의 힘은 조금씩 빠졌다. 보현이 이야기를 멈추면 시끄럽지 않아 좋았다가 혼자 남겨진 기분에 불안했다. 그러다가 다시 이어지면 함께 있다는 생각에 안도했다가 성가셔졌다.

"아저씨 하천이 넘쳤으면 거기에 살던 것들은 어떻게 되었을까요? 평소 손바닥만 한 물고기가 거슬러 올라갔잖아요. 왜가리들이 한쪽 다리로 서서 날개로 그늘을 만들어 걔들을 유인하고 말이에요. 맞다. 수달이 헤엄쳐서 걔들 사냥하러 다니는 것도 봤어요. 여기에 수달이 살지 누가 상상이나 했겠어요. 예전엔 근처만 가도 냄새 때문에 코를 움켜잡아야 했던 똥물 개천이었는데. 아, 그리고 청둥오리도 대여섯 마리씩 무리를 지어 헤엄치고 다녔잖아요. 천변 수풀에는 길고양이들이 집을 지었는지 산책하다가 어미 잃은 새끼들을 거두어 간 사람들도 많다고 하더라고요."

"이야기를 하다 보니 이거랑 비슷한 내용을 책에서 읽은 기억이 나는데…… 제가 책을 좋아하는 건 아니고 1학기 교양과목 시간에 읽고 감상문을 내야 하는 과제가 있어서요. 아, 뭐더라? 학교에서 퇴학당한 주인공이 뉴욕에 가서 만나는 사람마다 연못이 얼면 거기에 살던 오리들은 어디로 가는지 묻고 다니는 소설인데. 아저씨 혹시 아세요?"

'호밀밭의 파수꾼'을 얘기하는 것 같았지만 대답은 하지 않았다. 보현이 뱉어내는 이야기는 풀밭에 풀어놓은 새끼 고양이같이 겅중겅중 두서가 없었다.

"제가 막 중학교에 들어갔을 때였나, 암튼 누나가 고등학생이었어요. 인천에서 제주도로 가던 배가 가라앉아 수학여행 가던 고등학생들이 많이 죽은 일이 있었어요. 세월호 기억하시죠? 그때 우리 아빠도 울고 누나도 많이 울었어요. 저는 슬프기보다 그렇게 큰 배가 쉽게 가라앉는다는 게 이상했어요. 사람들이 죽어가는데 구하지 못했다는 것도요. 그리고 화가 많이 났죠. 그 사건 때문에 수학여행이 취소되었거든요. 지금 생각하면 아무리 어리고 철이 없었다 하더라도 그런 생각을 했다는 게 한심해요. 자전거 훔치다 걸린 거랑 세월호 때 이런 생각을 한 게 제가 살면서 제일 부끄러운 거예요. 목욕탕에 가면 항상 찬물에 들어가 잠수를 해요. 차가운 물이 온탕보다 숨을 참기가 훨씬 어려워요. 그때마다 배에서 구조되지 못한 사람들이 생각나고 어릴 때 했던 생각에 대해 반성하게 돼요. 그 애들도—살아 있었다면 저보다 나이가 많겠지만요—지금 우리처럼 이렇게 깜깜한 데 갇혀서 아무것도 못 하고 있었겠죠? 아니다, 지금은 그래도 물이 그렇게 차갑지 않으니까 그때가 더 고통스러웠을 거예요. 비교도 할 수 없을 만큼. 지금도 이렇게 힘든데…… 아, 지금 제가 벌을 받는 것은 아닐까요?"

갑자기 울먹이는 보현의 목소리가 꿈인 듯 아득하게 들려왔다. 한참을 잠자코 있다가 천천히 입을 뗐다.

"겁나고 불안하면 오만 생각이 다 밀려와. 이성으로 가둘 수 없을 만큼 말이야. 울고 싶으면 울어 소리도 지르고. 그러고 나면 좀 진정이 될 거다. 부끄럽지만 아저씨도 아까 그랬었어."

"무서워요…… 그리고 슬퍼요."

보현의 말에 어떻게 대꾸할지 고민하다가 또다시 잠에 빠져들었다. 근래에 느껴보지 못한 포근하고 깊은 잠이었다. 중간에 눈을 뜬 것 같기도 한데 어차피 보이는 것이 없으니 다시 잠드는 것이 어렵지 않았다. 얼마나 잤을까? 파이프에 묶어놓은 윗옷이 풀리는 것 같더니 왼손이 쑥 빠지는 바람에 화들짝 놀라 정신이 들었다. 물에 잠기지 않으려고 허우적거리다가 겨우 파이프를 잡았다. 놀란 가슴을 진정시키려 숨을 크게 몇 번 쉬어 보니 이전과는 조금 달라진 것을 느꼈다. 확실하지는 않지만 숨을 쉬는 게 좀 더 수월해지고 욱신거렸던 머리도 조금 가벼워진 것 같았다. 여전히 보이지 않는 사방을 두리번거리며 무엇 때문일까 궁리하다가 고개를 똑바로 해도 입이 물에 잠기지 않는다는 것을 알았다. 머리 위 바로 있던 천장이 팔을 위로 뻗어도 닿지 않았다. 물의 높이가 낮아진 것이다.

"물이 빠지고 있어. 보현아, 들려?"

"그런가요? 잘됐네요."

보현의 목소리에 이상하게 힘이 없었다. 기쁨과 희망보다는 슬픔과 체념에 가까운 목소리였다.

"조금만 더 힘내. 우리 곧 나갈 수 있어."

수위가 이 정도로 내려갔다면 물에 잠긴 내력도 드러났을 터이다. 그럼 파이프를 잡고 앞으로 나간다면 입구가 나온다는 얘긴데 확신이 없었다. 그러다가 나가지도 못하고 보현마저 잃어버린다면 낭패다. 그러나 조금이라도 빨리 나가고 싶다는 욕구가 더 강력했다. 이상하게도 물이 빠지고 있다고 생각하니 여기 있는 게 더 견디기 어려웠다. 고민을 하다 결정을 내렸다.

"아저씨가 밖에 나가서 사람들 데리고 올게. 조금만 기다려."

"예, 아저씨. 고마워요. 우리 아빠랑 누나한테 제가 사랑한다고 전해주세요."

앞은 여전히 하나도 안 보인다. 사방이 온통 하얗다. 눈을 감아도 빛이 눈꺼풀을 뚫고 들어와 괴롭다. 팔로 눈을 감싸고 한 발씩 걸음을 옮긴다. 물은 목에서 가슴에서 배꼽에서 허벅지에서 찰랑거린다. 누군가 양쪽에서 내 팔을 붙든다. 그들에게 끌려가 이동용 침대에 눕혀진다. 하늘색 담요가 내 몸 위에 덮이고 구급차 뒤에 실린다. 닫히는 문 사이로 달이 보인다. 비현실적으로 크고 밝은 달이.

구조 작업 13시간 만인 22시 50분, 드디어 첫 번째 생존자가 발견되었습니다. 40대 남성 A 씨는 수위가 낮아지자 스스로 입구를 찾아 나왔습니다. 천장 위 배관에 매달려 버틴 A 씨는…….

……수위가 낮아지자 고무보트를 타고 진입한 구조대에 의해 구조된 여성 B 씨는 몸집이 작아 천장 부근의 배관 위에 엎드려 있을 수 있었다고 했습니다. 그러나 B 씨의 아들 15세 C 군은 숨진 채로 발견되어 주위를 안타깝게 했습니다.

기록적인 폭우로 하천이 넘쳐 지하 주차장이 물에 잠긴 ○○시 △△아파트의 구조 작업이 24시간 만에 끝났는데요. 소방 당국은 이번 침수로 인해 총 9명이 고립되어 2명이 구조되고 7명은 사망하였다고 발표했습니다.
……한편 사망자들의 사연 또한 주위의 가슴을 아프게 하고 있습니다. 입구에서 얼마 떨어지지 않은 차량의 운전석에서 발견된 D 군은 출근한

누나를 대신하여 지하 주차장에 들어갔다가 미처 빠져나오지 못한 것으로 보입니다. 타지에서 대학을 다니던 스무 살 D 군은 어머니의 기일을 맞아 고향 집에 왔다가 변을 당했는데요. D 군은 열 살 때 어머니를 여의었지만 아버지와 누나의 보살핌 아래 밝고 예의 바르게 성장할 수 있었습니다. 특히 오누이의 우애는 남달라서…….

한동안 아파트는 전쟁터 같았다. 물과 전기가 끊겨 초와 물통이 없으면 안 되었다. 배급된 밥을 먹고 공중화장실에서 볼일을 봤다. 뒤집히고 찌그러진 차들이 여기저기 널브러져 있었다. 매일 수백 명의 군인들이 투입되어 진흙더미를 걷어냈다. 많은 이들의 수고 덕분에 일상은 예상보다 일찍 찾아왔다. 사람들의 회복 또한 빨랐다. 기억도 빠르게 지워졌다.

하천의 제방과 물길은 이전보다 몇 배나 높아지고 넓어졌다. 피해자 가족들은 물길을 좁게 설계하여 피해를 키운 시를 상대로 소송을 걸었고 이 년 동안 질질 끈 끝에 패소했다. 처벌받은 사람은 아무도 없었다.

많은 사람들이 떠났다. 관리소 직원이 집요한 검찰의 조사를 견디지 못하고 아파트 옥상에서 뛰어내렸다. 그는 태풍이 왔을 때 근무일이 아니었지만 제일 먼저 출근을 한 사람이었다. 아들을 잃고 혼자 구조되었던, 뉴스에 B 씨라고 나왔던 여자는 베란다 빨래 건조대에 목을 맸다. 보현의 가족은 알지 못하는 곳으로 이사를 했다. 그들이 여기를 떠나던 날, 우리 집 앞에 수박 하나가 덩그러니 놓여 있었다. 남은 사람들은 슬펐지만 떨어질 집값 걱정때문에 자신의 슬픔을 깨닫지 못했다.

나는 외상 후 스트레스 장애를 구실로 휴직 중이다. 복귀하기까지 일 년의 시간이 주어졌는데, 일 년 뒤에 내가 바뀌어 있을지는 모르겠다. 보름달이 뜨는 날이면 아침부터 죽은 이들을 위한 음복이 시작된다. 서편 하늘에 노을이 지기 시작할 때, 나는 물에 빠진 것처럼 숨을 쉬기 힘들어지고 피부엔 견딜 수 없는 가려움과 소름이 인다. 그리고 냄새…… 비린 흙탕물과 물에 섞인 기름 냄새가 관자놀이 주위를 휘감아 조이고 조인다. 그러다 머리가 터질 것 같다. 어디선가…… 소리가 들린다. 보현의 목소리…… 힘이 될 만한 이야기를 해줘야 하는데…… 같이 데리고 나가야 하는데…… 넌 분명 나와 같이 있었는데 왜 운전석에서…… 도대체…….

보현아, 보현아, 어디 있니, 보현아! 미친 듯이 불러보지만 갈라진 목소리는 텅 빈 주차장 벽에 튕겼다 부서진다. 이제 지상으로 올라와 다시 부르짖는다. 아파트 단지는 보름달 아래 웅크려 떨고 있는 짐승처럼 적막하기만 하다. 비현실적으로 크고 밝은 보름달 아래.

베토벤 피아노소나타 14번 〈월광〉

Beethoven: Piano Sonata No.14 in C sharp minor, Op.27 No.2 'Moonlight'

〈불멸의 연인(Immotal Beloved)〉이라는 영화가 있다. 1994년에 개봉한 영화인데 버너드 로즈가 연출을 하고 게리 올드만이 베토벤으로 분했다. 그 영화 속에 젊은 날의 베토벤이 귀가 잘 들리지 않아서 사람들 몰래 피아노 뚜껑에 귀를 갖다 대고 피아노를 치는 장면이 나온다. 〈월광〉 소나타 1악장이다. 지금 다시 봐도 퍽 인상적인 장면이다. 사실 '불멸의 연인(Unsterbliche Geliebte)'은 베토벤이 남긴 편지의 이름이다. 그 편지는 1812년 7월 6일부터 이틀 동안 쓴 것이다. 세 통의 편지는 모두 10장이다. 베토벤이 41세 때 쓴 그 편지는 누구에게 쓴 것인지 알 수 없다. '불멸의 연인에게'라고만 적혀 있고 베토벤 사후에 발견되었기 때문이다.

베토벤은 왜 애써 쓴 편지를 보내지 않았을까? 또 15년이 넘도록 왜 버리지 않았을까? 그 편지를 발견한 베토벤의 비서 쉰들러(Schindler, Anton)는 편지의 수취인이 줄리에타 귀차르디일 것이라고 추정했다. 하지만 베토벤 연구가들은 줄리에타가 아닌 다른 여성을 지목한다.

베토벤의 피아노소나타 14번이 작곡된 배경에 줄리에타 귀차르디가 등장하는 것은 사실이다. 피아노소나타 14번은 베토벤이 31세이던 1801년에 완성됐다. 그해 베토벤은 운터쿠루파 성 근처의 브룬스비크 백작의 별장에 초청받아 한동안 지냈다. 거기에서 브룬스비크의 두 딸 테레제와 요제피네 그리고 브룬스비크의 조카 줄리에타 귀차르디에게 피아노를 가르쳤다. 베토벤은 줄리에타와 사랑에 빠졌다. 난청으로 고통받던 중에 사랑은 그에게 큰 위안을 주었을 것이다.

당시 베토벤은 친구에게 보낸 편지에 난청 때문에 2년 동안 큰 고통이 있었지만 사랑에 빠져 너무 행복하다고 고백했다. 자신과 귀족 줄리에타는 신분이 달라서 결혼할 수가 없다는 탄식과 함께. 베토벤은 이 아름다운 피아노소나타 14번을 줄리에타 귀차르디에게 헌정한 것이다.

피아노소나타 14번의 작품 번호를 살펴보면 27의 2라고 되어 있는데 그것은 전작인 소나타 13번의 작품 번호가 27의 1인 것과 관련이 깊다. 베토벤이 1801년에 환상곡 풍으로 'Quasi una fantasia'라는 부제를 붙이고 13번과 14번을 발표했기 때문에 작품 번호가 그러하다. '월광(Moonlight)'이라는 제목은 베토벤이 직접 붙인 것이 아니다. 베토벤 사후 1832년에 독일의 평론가 렐슈타프(Rellstab, Heinrich Friedrich Ludwig)가 이 소나타의 1악장을 두고 다음과 같이 논평했다. "달빛이 비치는 스위스 루체른 호수의 흔들리는 조각배 같다." 이 유명한 논평이 있은 뒤, 여러 출판사들은 악보에 '월광'이라는 제목을 붙였다.

이 소나타는 베토벤의 32개 피아노소나타 중 대중적으로 가장 인기 있는 작품인데 1악장의 아름다운 선율 때문일 것이다. 베토벤이 제자 체르니에게 "나는 확실히 더 좋은 것을 썼네."라고 말한 것을 보면 그 자신도 이전의 소나타들보다 이 14번이 퍽 마음에 들었던 것 같다. 이 소나타는 베토벤 초기작이지만 철저한 형식미의 고전주의에서 이미 벗어나 있다. '환상곡(형식에 얽매이지 않고 자유롭게 쓴 악곡) 풍으로'라는 작곡가 자신이 붙인 부제처럼 전통적인 소나타 형식보다 훨씬 자유롭다.

1악장

8번 소나타와 마찬가지로 1악장이 느리게 시작된다. 도입부는 가곡의 전주처럼 느껴지기도 한다. 나타냄말은 '아다지오 소스테누토(Adagio sostenuto)'인데 '느리게 음들을 늘려서'라는 뜻이다. 바로크 시대 (1600~1750), 고전파 시대(1750~1815) 그리고 낭만파 시대 (1815~1900)를 통틀어 소나타나 협주곡, 교향곡의 1악장은 대부분 빨랐다. 그런데 1801년경에 1악장을 느리게 시작한다는 것은 대단히 새로운 시도였다. 왼손 파트에 셋잇단음표가 지속적으로 나타나는데 이것은 악장 전반에 펼쳐진다. 이 고요한 악장은 바흐의 프렐류드처럼 안정감이 있고, 쇼팽의 녹턴처럼 낭만적인 서정미도 동시에 지니고 있다.

음악을 구분하는 여러 방법 중 절대음악(Absolute music)과 표제음악 (Program music)으로 나누는 방법이 있다. 고전주의 이전의 음악은 음 자체의 아름다움을 추구했는데 그것을 두고 절대음악이라고 부른다. 낭만주의 시대에 와서는 음악으로 자연, 미술, 문학, 사상 등을 표현하는 경향이 두드러졌는데 그것을 표제음악이라고 일컫는다. 이 소나타의 1악장을 두고 전술한 렐슈타프의 "루체른 호수의 흔들리는 조각배"라는 평론이 큰 반향을 일으켰고 그것으로 인해 '월광'이라는 제목이 생겨났다고 할지라도, 또 이 곡에서 낭만주의적인 시도를 엿볼 수 있다고 할지라도 베토벤이 이 소나타로 달빛을 묘사한 것은 아니다. 그러므로 이 14번 소나타는 절대음악의 범주 안에 있다. 베토벤이 음악으로 자연을 구체적으로 묘사한 것은 6번 교향곡 〈전원〉이 대표적이다.

2악장

2악장의 나타냄말은 '알레그레토(Allegretto)'인데 이탈리아어로 '조금 쾌활하게'이지만 음악에 있어서는 '조금 빠르게'로 해석된다. 내림나장조이고 4분의 3박자이다. 2악장은 작은 세도막형식의 미뉴에트 형식을 띤 밝은 분위기이다. 이 소나타는 2악장과 3악장이 쉬지 않고 연결된다. 이처럼 악장과 악장이 쉬지 않고 이어지는 시도는 베토벤의 5번 교향곡과 6번 교향곡에서도 찾아볼 수 있다. 2악장이 하나의 제대로 된 악장이라고 하기에는 1악장과 3악장의 규모가 큰데 1악장과 3악장을 연결해 주는 간주곡 같은 역할을 한다.

리스트(Liszt, Franz)는 이 2악장을 두고 "두 개의 깊은 연못 사이에 피어난 꽃 한 송이"라고 말했다. 아마도 두 개의 깊은 연못은 1악장과 3악장을 이르는 말일 것이다.

3악장

3악장의 나타냄말은 '프레스토 아지타토(Presto agitato)'인데 이탈리아어로 '빠르고 흥분되게'이지만 보통 '격렬하고 빠르게'로 번역한다. 첫 번째 주제는 베토벤 특유의 폭풍우가 몰아치는 듯한 분위기로 시작된다. 그리고 그의 특기인 즉흥연주 같은 분위기가 계속 이어진다. 흥분감이 고조되는 듯한 오른손의 예리한 분산화음과 공격적인 스타카토의 연타가 계속 펼쳐진다. 반복하여 스포르찬도(갑작스런 악센트를 주는)가 나타나고 다양한 음색을 요구하여 비르투오소(압도적인 명연주자)적인 면이 요구된다. 그것으로 감정의 쌓임과 베토벤 음악의 특징이라 할 수 있는 활화산 같은 폭발적인 표현을 요구한다. 두 번째 주제는 더 선율적이지만 어둠 속에서 팽팽한 긴장감을 유지해 간다.

(추천 영상 검색어: Lugansky-Beethoven, Piano Sonata No.14)

BEETHOVEN

Piano Sonata No.17 〈폭풍〉

QR코드를 스캔하시면
베토벤 소나타를 들을 수 있습니다.

너의 감각이 절반 정도로 제한적이니,
오직 예술의 세계에서만 살도록 해라.
그것만이 너를 위한 유일한 존재이다.

– 1802년, 하일리겐슈타트 유서, 베토벤

구석

권상진

세상이 환해질수록 나는 점점 어두해진다
이제 이 어둠이 전부 내 그림자다
희미를 희망으로 여긴 이들이
우르르 나를 스쳐 지나갔고
가만히 있었을 뿐인데 구석이 생겨났다
삶은 아무 곳에나 있었지만
희망은 자주 글쎄였다
가끔 해진 걸레가 훔쳐간 구석에는
아무도 없었고 아무것도 없었지만
어쩌다 희미가 구석을 들여다볼 때
어둠은 똘똘 뭉쳐 내 그림자가 되어 주었다
향해 가는 일이나 기다리는 일
엇갈리는 삶은 매한가지지만
도모할 누군가가 있어 서로 등을 기대고
기다려보기로 한다
희미를 쫓아 떠난 이들은 지금쯤
어딘가에서 희망을 만났을까

주어 생략

김은지

올 줄 알았던 사람이 안 오고
싫어할 줄 알았더니
좋아한다

밥을 맛있게 먹고 나오면서
직장을 그만둘 거라고

나의 데이터
빗나갈 때마다
아려오는 기쁨

인간이란
인간

개울가에 심긴 꽃은 백일홍이고
배롱나무의 중국 이름도 백일홍이고
동명이화
꽃의 이름을
하나씩 알아가고
두 개씩 잊고

마음을 베이는 방법은
하루에 백 가지 정도 되는데

아무리 노력해도
비껴가는 방법은 오십 가지 정도뿐이다

스터디룸 이용 수칙
1 마음을 확인하지 마세요
2 고요를 존중합니다
3 고요를 존중할게요

고요를 존중

우연에 자신 있으신가 봐요
전 그때 비타민이 부족했어요
사람들은 언어를
'자신의 경험을 바탕으로 해석' 하는데요

그 경험이 각자
다르다는 사실

주어를 쓰지 않아도 되는
시제를 초월하는
영원히 끝내지 않을 수 있는
부사에 모든 지름길
보물 상자
마음
숨겨져 있는

당신이 상상하는 그 놀라운 언어를
우리는 이미 쓰고 있어요
주어 생략
그런 형식을 체험해 봤다는 사실이

당신
나를 외롭게 하는 원인

하염없나요
하염없다
검색

너는 그런 게 괜찮아?

이상한 것은
계속하면
안 이상하다

−원래 잡초였으나
여러 화훼가들이 개량하여

인간이란
인간
기뻐서 머리가 아프다

그만두겠다는 편지를 쓰다가
다시 시작하게
되었습니다

폭풍처럼, 그 언덕의 전설

서숙희

그 사람 그 한 사람
비였어요
바람이었어요

닫고 또 닫은 창을
흔들었어요
부딪쳤어요

끝내는 무너졌어요
그 밤의 망토를 찢고

폭풍 속에 찢어진 건 운명만이 아니었지요
끝이 없는 처음이, 처음 없는 끝이 왔어요
심장을 짓밟아버린 붉은 이름 히스클리프

파묻지 못한 결말은 자꾸만 살이 올라
무더기 무더기 증오의 꽃을 삼켜도

밤마다 길게 자란 전설은
죽어서야 살아났어요

해파리, 해파리

이병일

베토벤 템페스트 3악장은
그리스 아카리아 어부의 숨고르기 같다
어부의 손가락은 죄를 만들지 않는다
병든 것이 무엇인지 모른다
자글자글 늙어가는 시간을 좋아하니까

어깨와 어금니에 금이 가 있는 어부,
볼우물은 하염없이 파여 있다
웃음을 반으로 접을 수도 있다
해안절벽만 보고 하염없이 걷는다
낮과 밤을 몰라 시계도 없이 산다
작은 손으로 성의껏 물고기를 잡고
굵어진 당근과 양배추를 뽑을 때
실핏줄은 다시 없을 족보를 너울같이 꺼낸다

숨구멍뿐인 저 수평선의 얼굴,
물러지지 않고 썩지도 않는 낮달이 되면
어부는 보리와 밀에 오줌을 휘갈긴다
싹이 발아하는 쪽만 보고
큰 병과 작은 병이 오가는 것을 점친다고 했다

물가에서 물 아닌 것만 찾듯
베토벤 템페스트 3악장에서 나온 음표 같은 귀로
멍텅구리배의 항로가 짧아지는 소리를 듣는다

어부는 연필과 종이가 저 푸른 바닷물 속에서
나온다고 믿는 사람이다
한낮의 해가 해파리, 해파리라고 믿는 사람이다
눈꺼풀이 자주 내려온다고 했다

당신들 모두 정신이 나갔습니까?
나에게 그런 소나타를 써달라고 제안하다니요.
혁명의 열기가 있던 시기에는 아마 그런 일이 가능했을 수도 있겠죠.
그러나 지금, 모든 것이 낡은 틀로 돌아가려고 하고
보나파르트가 교황과 협약을 맺은 지금,
그런 소나타를 작곡하라고요?
성모마리아를 위한 미사곡이나 삼중창,
저녁기도곡이라면 당장에라도 펜을 들겠어요.
또 크레도도 단숨에 써 내려가겠어요.
그런데 세상에 그런 소나타라니. 맙소사. 나는 빼주세요.
나한테서는 아무것도 나올 게 없습니다.

– 1801년, 베토벤

복숭아를 씹으며

백가흠

　김영태는 마당 귀퉁이 새끼 고양이들이 노는 모습에 시선을 두고 멍하니 앉아 있었다. 작렬하는 한낮의 여름, 햇빛의 기세가 무서웠다.

　"선생님, 계세요?"

　응우옌반민이 현관문을 노크했다.

　"선생님, 안에 계신 것 알고 있어요. 잠깐만 얘기해요."

　그는 현관 앞을 서성일 뿐 대답은 하지 않았다.

　"사과하려고 왔어요, 선생님. 괜한 말 해서 죄송합니다."

　민이 말했고 김영태가 소리를 죽이며 문으로 한 발 다가섰다.

　"이거 드세요. 문에 걸어놓을게요."

　김영태가 망설였다.

　"저는 사람들이 하는 말 안 믿어요, 선생님. 또 시간 날 때 올게요."

민이 멀어지는 소리가 들렸다. 김영태가 현관문을 열고는 깜짝 놀랐다. 민이 마당에 여전히 서 있었다. 김영태는 민과 눈이 마주치자 민망함과 부끄러움이 몰려들었다. 민은 활짝 웃으며 그를 향해 손을 흔들었다. 그는 민이 문손잡이에 걸어놓은 비닐봉지를 낚아채 문이 부서져라, 세게 닫았다. 달아오른 얼굴이 좀체 가라앉지 않았다. 비닐봉지에는 잘 익은 복숭아 두 개가 들어 있었다.

"고얀 놈일세."

그가 복숭아를 씻으며 중얼거렸다. 말은 그랬지만 그는 빙긋 미소를 지으며 베토벤 피아노소나타 선율을 흥얼거렸다. 그는 턴테이블에 LP를 올렸다. 거실 한가운데 놓인 1인 소파에 앉아 달고 향기로운 것을 오물거렸다. 격정적인 피아노 선율이 집 안을 가득 채웠다. 그는 눈을 감고 포크로 지휘를 하며 박자를 맞추었다. 복숭아를 씹으며 베토벤 피아노소나타 17번 선율을 허밍으로 따라 불렀다. 폭풍우 치듯 몰아치는 피아노 선율이 잠시 들떴던 그의 마음을 차분하게 가라앉혔다.

그가 서북단 고향 섬 근처로 온 지는 오 년이 되었다. 아내가 죽은 이듬해였다. 그가 주말 하우스를 짓고 노년을 준비한 지는 십수 년 전이었다. 집은 그가 직접 설계했는데 편리성을 전혀 고려하지 않은 탓에 불편한 점이 많았다. 주말에 실컷 마음 놓고 음악이나 들으려고 지은 집이었다. 생활에 필요한 배려는 전혀 없었고 카페나 음악실을 염두에 두고 지은 집이었다. 큰돈을 들여 집을 완성했지만, 상황은 서울을 떠날 수가 없었고 매주 두 시간 거리를 오가는 것도 힘에 부쳤다. 그는 집 지은 지 얼마 되지 않아 집을 세놓았다.

그는 팔짱을 낀 채 눈을 감고 연주를 즐겼다. 요즘 그는 베토벤을 들었다. 평소에 쇼팽도 듣고, 차이콥스키나 라흐마니노프도 좋아하는 그였지만 말러나 바흐, 베토벤은 좀 달랐다. 완전히 잊고 지내다가도 세 음악가는 불현듯 그를 찾아왔다가 며칠을 머물고 다시 떠나가기를 반복했다. 심란하고 마음이 복잡할 때면 특히 그랬다.

한 화가에게 집을 세놓고 일 년에 100호 그림 한 점을 집세 대신 받았다. 호당 30만 원을 호가한다던 것과 달리 그림을 팔 수 없자 그는 불만이 쌓여 갔다. 결국 오 년 만에 화가를 내쫓았다. 그의 집 사방 벽에는 집세로 받은 가로 162cm, 세로 130cm의 100호 그림 다섯 점이 걸려 있었다. 집 안에 들어서면 그림이 공간을 압도했다. 그도 그럴 것이, 그림에는 눈을 감고 있는 한 남자의 일그러진 얼굴이 그려져 있었는데, 괴기스러웠다. 살아 있는 사람처럼 보이지 않았다. 참혹한 고통 속에서 죽은 사람의 얼굴 같았다. 시체라고 생각하면 김영태는 오싹한 기분이 들곤 했다. 그럼에도 그는 그림들을 치우지 않았다.

그는 오후 내내 꼼짝하지 않고 소파에 앉아서 베토벤을 들었다. 교향곡, 피아노협주곡, 피아노소나타를 연이어 들었다. 그의 고향은 2014년에 다리가 놓여 육지가 되었는데 집이 완성되기 일 년 전이었다. 그의 집은 고향 섬을 바라보고 있었다. 섬 너머로 해가 떨어졌다. 그는 매일 마당에서 석양을 보며 하루를 마감했다. 할 일도 없었고 하고 싶은 일도 없었다.

그의 하루가 언제일지 모르는 죽음 쪽으로 다가가고 있었다. 그의 인생은 화려했고 언제나 사람들에게 주목받았고 정의롭게 살아온 표상으로 불려 왔으나 말년이 되어서는 이제까지 살아왔던 바와는 거리가 멀었다. 그는 사람들에게 비난받고 조롱받으며 쓸쓸한 말년을 보내고 있었다. 그는 억울했고 화가 났고 바로잡고 싶었으나 기력이 없었다. 그러면서도 마음은 그렇지 않았다. 그는 매일 자신의 명예를 회복할 방법을 궁리 중이었다.

해가 바다 아래로 완전히 가라앉았고 하늘은 보랏빛으로 물들었다. 그는 꼼짝하지 않고 소파에 앉아 마당 저쪽을 바라보았다. 배가 고팠으나 그대로 앉아 있었다. 먹은 것이라고는 복숭아 한 알이 전부였다. 민이 일을 그만둔 뒤로 생활이 엉망진창이었다. 완전한 어둠이 집 안에 들어서기 전에 그는 소파에서 그대로 잠에 빠져들었다.

그는 정치인은 아니었지만 평생 정치판에 있었다. 그는 항상 약자의 편에 서서 살아왔다. 그가 그럴 수 있었던 이유는 자신이 결코 약자가 아니라는 것을 알기 때문이었다. 그가 변호하고 대변하는 사람들은 삶이 무너지고 절망하고 인생의 기반이 송두리째 날아가 버릴 수도 있는 위태로움을 안고 사는 사람들이었지만, 그는 그들과 달랐다. 그를 따르는 사람들은 그가 본디 자신의 지위를 버리고, 잘살 수 있는 길을 버리고 자신들을 위해 일하는 것이라 믿었다. 하지만 그런 사실이 그에게 많은 부와 힘을 가져다주었고, 권위를 가진 사람들마저 무서워하는 권위를 부여한다는 것을 알지 못했다. 가난하고 힘없는 사람들을 위해 사는 것이니 그는 존경받아 마땅했지만, 그것이 그에게는 그저 삶의 일부분이란 것을 아는 사람들은 거의 없었다. 스스로 적절한 거리감을 가지고 있었으니, 그는 정치인도 아니면서 정치판에서 오래 살아남았다. 그는 학자로, 때론 문학평론가나 사회평론가와 운동가로 살아왔다.

그가 잠에서 깨었을 때 새벽 한 시를 막 지나고 있었다. 시간을 보자 그는 난감해졌다. 하루가 너무 길었다. 여전히 턴테이블이 돌아가며 바늘이 튀고 있었다. 그는 천천히 일어나 LP를 꺼내고 오디오 전원을 껐다. 그는 마당으로 나갔다. 온종일 뜨겁게 달구었던 열기가 가라앉고 제법 선선한 바람이 불어왔다. 며칠 전이 입추였는데 신기하게도 그날부터 아침저녁 바람이 차가워졌다.

그는 마당에 환하게 불을 켜고 쭈그려 앉았다. 잔디 사이를 비집고 올라온 풀을 뽑기 시작했다. 바람이 제법 선선해졌지만 아직 한여름이었다. 그는 금세 온몸이 땀으로 젖었다. 민에게 너무 화를 낸 것 같아서 후회되지 않은 바 아니었으나 한편으로 젊은 친구가 노인이 부리는 억지를 받아주지 않는 것에 서운함이 더 컸다. 이마에서 흐르는 땀이 볼을 타고 뚝뚝 떨어졌다. 그는 쭈그려 앉은 채로 아주 천천히, 느리게 옆으로 움직이며 풀을 뽑았다. 그 모습이 멈추어 있는 풍경의 일부분 같았다. 그의 밤은 낮보다 더디게 흘렀다.

김영태를 거부하는 사람들은 약자들의 적이 되었다. 김영태의 신화는 그를 두려워하는 힘깨나 쓴다는 사람들이 만든 것이었다. 그는 그런 사람들을 이용할 줄 알았다. 그에게 진심이 전혀 없는 것은 아니었으니, 그의 인생 전부가 거짓이라고 말할 수도 없었다. 그가 평생 벌였던 사회운동은 그에게는 그저 직업적인 것의 한 부분이었다.

마당 한쪽에 비석 두 개가 평평이 놓여 있었다. 그는 아내와 아들의 유골을 마당 귀퉁이에 묻고 이름만 새겨진 작은 비석을 그 위에 깔았다. 그가 죽으면 이젠 무덤가를 돌볼 사람이 없었다. 그는 비석 주변의 풀을 정리했다. 이제는 아무런 감정이 일지 않았다. 비석 밑에 두 사람의 유골이 있다는 것도 믿기지 않았다. 죽음이라는 것이 그렇게 마당 한쪽에 아무도 모르게 머무는 것이라면 그도 하루빨리 그날이 왔으면 하고 바랐다.

그의 하나뿐이었던 아들은 아내가 죽은 이듬해 죽었다. 그의 아들은 자살했는데 아직도 그는 아들의 죽음에 대한 명확한 이유를 몰랐다. 아내가 죽었을 때와는 비교할 수 없는 참혹한 슬픔이 일었다. 그럼에도 혹여 아들의 죽음이 자신의 명성에 해가 될까, 그는 아내가 죽었을 때와는 달리 아무에게도 알리지 않고 장례도 치르지 않았다. 갑작스럽고 경황이 없기도 했거니와 미국에서 자랐고 거기서 학교를 마친 아들이 한국에 기반이 없었던 터였다. 그 일 때문에 그는 며느리 재경과 갈등을 빚었다.

"사람이 죽었어, 제이크 장례식 왜 안 해? 아버지, 이해할 수 없어."

재경은 미국에서 나고 자라 한국말이 서툴렀다.

"갑작스러운 죽음 앞에서는 종종 그렇게 한단다. 장례를 치르지 않는 것은 아니야. 너와 내가 치르고 있잖아. 단지 사람들에게 알리지 않는 것뿐이지. 알릴 사람도 없고."

"그게 무슨 말이야. 나, 바보 아니야, 아버지. 제이크 자살해서 숨기는 거잖아. 아버지, 어떤 죽음 존중 받아야 해."

그는 끝내 재경의 말을 들어주지 않았다. 그녀도 한국에 아무 연고가 없기는 마찬가지였다. 아들과 재경 사이엔 아이가 없었다. 미망인이 된 재경은 미국으로 돌아가지 않았다. 재가하지 않고 아직 혼자였는데 아주 가끔 김영태에게 들르곤 했다. 그는 그녀가 어떻게 지내는지 거의 아는 바가 없었다.

그는 한참 만에 천천히 일어나 허리를 폈다. 고개를 뒤로 한껏 젖히고 밤하늘을 올려보았다. 그는 저 멀리 유성 여러 개가 연이어 떨어지는 것을 보았다.

"에잇, 재수 없게."

그가 고개를 돌리며 혼잣말을 내뱉었다. 별똥별을 보면 단명

한다는 말을 그는 지금도 믿었다. 흐르는 땀을 훔치며 그는 터덜터덜 집 안으로 걸음을 옮겼다. 찬물로 샤워하자 허기가 몰려왔다. 텅 빈 냉장고 안을 들여다보고 한참을 서 있었다. 뭐라도 먹어야 했으나 뭔가를 해 먹을 엄두가 나지 않았다. 못내 민이 아쉬웠다. 민이 그의 집 살림이며 집안일을 도맡아 왔던 터라 민 없이 그는 하루에 한 끼 챙겨 먹는 것도 쉽지 않았다.

민의 고향은 베트남 다낭 꽝남성 푸퐁 마을로 아름다운 안방 해변 근처였다. 베트남 전쟁 때 한국군이 주둔했던 곳으로 민간인 피해가 컸던 곳이었다. 민의 가족 중에서도 피해자가 여럿이었다. 그는 낮에 민이 놓고 간 복숭아 한 알을 마저 먹었다. 그의 얼굴에 미소가 환하게 번졌다.

"복숭아 하나를 사도 다르단 말이야. 참 생각할수록 기특한 놈이야."

그가 혼잣말을 뱉었다. 민은 남자였지만 손이 야무진 데가 있었다. 꽤 오랫동안 식당에서 일한 탓에 매사에 깔끔하고 음식 솜씨도 훌륭했다. 민이 가사도우미로 그의 집에서 일하기 시작한 지는 삼 년여가 되었다. 외진 곳이어서 출퇴근이 가능한 가사도우미를 구하기 어려웠던 터였는데 이장이 민을 소개했다. 민은 계절노동자로 한국에 들어왔다가 불법 체류자 신분이 되었는데 그를 비롯한 마을 사람들의 탄원으로 비자 문제가 해결되어 계속 한국에서 일을 할 수 있었다. 하지만 올해 말이면 비자 만기였다. 갱신 연장이 될지는 알 수 없었다. 민보다 마을 사람들이 그가 베트남으로 돌아가면 어쩌나 걱정이 더 컸다. 민은 마을에서 이제 없어서는 안될 중요한 일꾼이었다. 노인 혼자서 벼농사를 짓는 가구가 많았는데 마을 사람들에게 민은 큰 도움이 되었다. 민은 농사꾼이 천직 같았다. 마을 일은 물론이고 농사 일손이 모자라는 곳이든 노인 혼자 사는 집의 살림까지 민의 손길이 뻗치지 않는 곳이 없었다. 워낙 부지런하고 마음 씀씀이가 좋아서 마을 사람 모두가 민을 아끼고 좋아했다.

마을이 훤히 내려다보이는 가장 높은 곳에 민의 집이 있었다. 민은 버려진 집을 고쳐서 살고 있었다. 그런 일에도 솜씨가 좋아서 흉물스러웠던 집은 제법 번듯해졌다. 민이 부지런히 집 주변을 가꾸고 손보아선지 그곳이 수십 년간 버려진 흉가였다는 사실을 믿을 수 없을 정도였다.

그는 느릿느릿 서재로 향했다. 책상 앞에 앉았다. 그는 몇 달째 뭔가를 쓰기 위해 안간힘을 쓰고 있었다. 언론사에 보낼 해명 글, 보도 자료를 쓰기 위해 고심 중이었다. 그는 껌벅이는 커서를 멍하니 바라보고 앉아 있었다. 어떤 말도 떠오르지 않았다.

그가 밖으로 나왔다. 고요한 새벽, 작은 소리도 그에게는 크게 들렸다. 어디선가 어미 잃은 새가 울고 있었다. 마당에 잠시 서 있던 그가 어기적어기적 걷기 시작했다. 대문 밖으로 나온 게 오랜만이었다. 그에 대한 소문이 마을에 돌자, 그는 외출을 삼갔다. 첫 새벽 마을은 고요했다. SNS에 그를 조롱하는 글이 넘쳐나기 시작한 뒤로 그는 집에 꼼짝하지 않고 틀어박혔다. 하루를 시작하기엔 너무 이른 시간이었지만 그에겐 가장 평온한 때였다. 그는 천천히 마을을 돌아보았다. 어느새 민의 집 근처에 다다랐다. 민과 소원해진 관계를 풀고 싶었지만 그는 사과를 해본 적이 없어서 사과하지 않았다. 자존심 상할 일도 아닌데 그는 민에게 모질게 굴었다. 그는 어쩔 줄을 모른 채 몇 날이 지나고 있었다. 민의 집에 다다르자 발소리를 죽이고 안을 살폈다. 완벽한 어둠과 정적이 그곳에 있었다.

"선생님."

그는 깜짝 놀라서 뒤로 넘어질 뻔했다. 민이 얼른 다가와 그를 부축했다.

"새벽에 웬일이세요. 저 보러 오신 거예요?"

"그런 건 아니고 산책 나와서 걷다 보니."

그가 서둘러 걸음을 돌렸다.

"선생님, 잠깐 들어가서 차라도 하고 가세요."

민이 그를 붙잡았다. 그가 못 이기는 척 걸음을 민의 집 쪽으로 돌렸다.

"그럼, 자네 집 구경이나 할까? 소문이 자자하던데."

그가 민의 집에 간 것은 처음이었다. 정갈하고 잘 정돈된 풍경이 그를 맞았다.

그의 이미지에 조금씩 금이 가기 시작한 것은 아주 사소하고 작은 소문으로부터였다. 하나에 하나가 더해지면서 그는 몹쓸 노인네가 되었다. 하나의 소문에 의문이 더해져 그의 인생은 부정당하기 시작했다. 그 처음은 지난봄 아들의 3주기 때 재경이 다녀간 뒤부터였다.

서슬 퍼렇던 1970, 80년대, 그를 따르던 친구들, 동지라 불리던 자들이 모두 교도소에 갔을 때도 그는 건재했다. 그는 부자였고 명문대를 나왔으며 독일에서 학위를 받았다. 전쟁 때 이북에서 월남한 좋은 집안의 외아들이었다. 그가 밖에서 친구들 옥바라지를 열심히 한 덕에 교도소 안에서 가난했던 친구들은 편안하게 지낼 수 있었다. 그들의 가족마저 살뜰하게 챙기는 것은 물론이었다. 출소 후에 그들이 더더욱 그를 위해 충성을 바치는 것은 당연한 수순이었다.

그는 법을 전공하지는 않았지만 법에 능통했다. 법이 정한 경계에서 그는 항상 안전했다. 때론 과감하게 법의 월선이 요구될 때 다른 이들은 망설임 없이 대의를 위해 넘었지만, 그는 언제나 그 앞에 우뚝 멈추어 섰다. 그가 운동 판에서 오랫동안 살아남았던 비결이었다.

민의 작은 집은 단출했다. 방 안에는 매트리스와 좌식 탁자, 플라스틱 옷장이 전부였다. 예전 마루였던 곳을 부엌 겸 거실로 쓰고 있었는데, 아기자기한 동남아풍의 소품들 때문에 이국적인 풍경을 자아냈다. 두 사람은 마주 앉아 차를 마셨다. 어디선가 새끼를 잃은 어미 새가 구슬피 울어댔다.

"선생님, 죄송해요. 마음 상하게 할지 몰랐어요."

김영태가 가만히 고개를 끄덕였다.

"그런데 이 시간까지 뭘 한 거냐?"

"마을회관 옆 초록 대문 집 있잖아요. 그 할머니네 밭에서 고구마를 캤어요. 내일까지 30상자를 만들어야 해요."

민이 피곤한 기색을 감추며 말했다.

"너 일당은 받고 하는 거지? 항상 대가를 잘 챙겨야 하는 법이다."

민이 고개를 끄덕였다.

"어떻게 사는지 궁금했는데 이렇게 사는구나."

그는 주위를 둘러보며 민이 내온 차를 한 모금 마셨다.

"씁쓸하니 차 맛이 좋네. 베트남 차야?"

"그걸 뭐라고 하죠? 길가에 피는 꽃 있잖아요."

"아, 민들레."

김영태가 말했다.

"선생님, 그날 죄송했어요. 제가 할 말은 아니었는데."

"그만해. 생각하고 싶지 않으니까."

그 일은 사고였고 충분히 있을 수 있는 일이라고 그는 생각했다. 지난봄 아들의 추모일에 그와 재경은 비석 앞에 간단한 제사상을 차리고 제를 지냈다. 재경은 치마가 짧고 몸에 딱 붙는 검은색 원피스를 입고 있었다. 그녀는 선글라스를 벗어 앞섶에 꽂았다. 그의 시선이 따라 움직이다 얼른 다른 곳으로 눈길을 돌렸다.

"재경, 한국 힘들지 않아? 정말 미국으로 돌아가지 않을 생각이냐?"

마당 무덤가에서 제사상을 앞에 두고 두 사람은 얘기를 나누었다.

"아버지, 잘 모르겠어. 아직 제이크가 살아 있는 것처럼 느껴져. 미국으로 가면 제이크하고 진짜 끝이야. 아직 못 떠나겠어."

"이제 너도 네 인생을 살아야지."

김영태가 비석 위에 술잔을 올리며 말했다.

"그래야지. 죽은 사람 안 돌아오니까. 근데 아직 아니야. 지금은 제이크 그리워."

김영태가 가만히 고개를 끄덕였다.

"재경, 제이크한테 절해라."

"절? 여기에다?"

김영태가 고개를 끄덕였다. 절하는 시늉을 하자 재경도 알았다는 듯 고개를 끄덕였다. 재경이 엎드려 절을 했다. 짧은 치마가 말려 올라갔다. 김영태는 뒤에 서서 재경을 내려다보았다. 자기도 모르는 새 살짝 드러난 속옷에 시선이 갔다. 엎드린 채 재경이 고개를 돌려 그를 바라보았다.

"아버지, 내 팬티 보고 싶었어? 그러려고 나보고 제이크한테 절하라고 시킨 거야? 왔더뻑."

재경이 천천히 일어서며 욕했다. 김영태는 당황했다. 재경이 알아들을 수 없는 영어로 화를 내더니 울먹거렸다.

"얘야, 아니다. 오해야. 나 아무것도 못 봤어. 그걸 내가 왜 보고 싶어 해."

김영태는 거짓말을 했다.

"아버지, 내 팬티 보고 있었어."

재경이 화를 참지 못하며 집을 나섰다. 김영태가 그녀의 뒤를 따라나섰다.

"재경아, 그러지 말거라."

그는 마을 입구까지 그녀를 따라갔다. 그녀가 그의 손길을 뿌리치며 화를 냈다. 밭일하던 할머니들이 무슨 일인가 길가로 나와서 둘을 번갈아 쳐다보았다. 영어로 화를 내는 재경을 보며 할머니들 눈이 휘둥그레졌다. 재경이 그길로 거칠게 차를 몰고 사라졌다. 김영태는 재경이 사라진 쪽을 안절부절못하고 쳐다보았다.

"선생님, 이게 무슨 일이래요?"

할머니들이 물었다.

"별일 아니에요. 오해가 좀."

김영태가 가볍게 고개를 숙이고 돌아섰다. 집 쪽으로 터덜터덜 발걸음을 옮겼다. 뒤로 재경은 그의 전화를 받지 않았다. 문자를 보내도 답이 없었다. 그는 억울했지만 풀 길이 없었다. 뒤로 마을에 소문이 돌기 시작했다. 노골적으로 그를 적대시하는 사람이 늘어났다.

김영태의 과거 행적이 웹상에 떠돌기 시작하면서 재경과의 일도 알려졌다. 그가 몇몇 매체와 정치 현안에 대해 인터뷰하고 현장에 다시 복귀를 시도하면서 문제가 커지기 시작했다. 여러 일이 같이 버무려지고 확대되어 눈덩이처럼 불어났다.

　"민아, 내일부터 다시 집에 와줄 수 있겠냐? 네가 없으니 하루 끼니 때우는 것도 쉽지 않다."

　한참 만에 김영태가 말했다.

　"그럼요. 용서해 주셔서 감사합니다."

　"나 이제 가마. 내가 가야 네가 얼른 자지."

　김영태가 자리에서 일어났다.

　"할머니들, 마을 사람들 얘기 너무 신경 쓰지 마세요, 선생님."

　민이 그의 눈치를 보며 말했다. 김영태는 못 들은 척 집을 나섰다. 민이 한참을 따라 내려오며 그를 배웅했다. 그는 뒤돌아보지 않았다. 집으로 돌아가는 발걸음이 무거웠다. 이렇게라도 민과 화해하게 된 것이 다행이었지만, 어쩐지 마음은 더 가라앉았다.

　수십 년 동안 정치판에서 영향력을 행사해 온 그를 조롱하는 글이 인터넷에 돌아다녔다. 사람들은 그를 흡혈귀라고 부르기 시작했다. 핏기 없는 허연 피부를 빗댄 비아냥이었다. 몇몇 유튜버는 영상까지 만들어 퍼뜨렸다. 아무것도 보지 않고 듣지 않으려고 했으나 자신을 향한 작은 소리도 크게 들려왔다.

글과 책으로 자기를 떠났던 사람들을 다시 불러들여야만 했다. 더 밀려나면 돌아오지 못한다는 것을 그는 본능적으로 알고 있었다. 그가 글과 말로 나락으로 보내버린 무수한 인생들이 그의 스승이었다. 그는 그들이 어떻게 사라지고 절망에 빠졌는지 모두 기억하고 있었다. 이번에는 그 능력을 반대로 자신을 살리는 데 써볼 요량이었다.

집으로 돌아와서 그는 찬물로 샤워했다. 속에서 열이 끓어 그는 하루에도 여러 번 찬물을 뒤집어썼다. 동이 트려면 아직 시간이 더 남았다. 그는 소파에 앉아 서재를 멍하니 바라보았다. 꼭 그곳이 지옥문처럼 느껴졌다. 뭐라도 써야 했다. 해명이나 사과가 늦어질수록 상황이 더 악화하는 것을 잘 알고 있었지만, 책상에만 앉으면 머리가 하얘졌다. 전에 없던 일이었다. 변명을 해명으로 바꾸려니 더 어려운 일이었다. 글로 대중의 마음을 휘어잡을 수 있는 느낌 이상의 무엇을 기다리는 중이었다. 그는 마음속에서 무언가 터져 나오려 하는 것을 느낄 수 있었다. 하지만 딱 거기까지였다. 그는 이미 많이 늙었다. 그는 빈 컴퓨터 화면을 보며 앉아 있기만 했다. 매일 반복되고 있는 일이었다. 그는 무엇이든 잃고 싶지 않았다, 그는 글 뒤에 숨고 싶은데 예전처럼 되지 않았다. 이미 너무 늦었다. 새벽이 그렇게 지나고 있었다.

허기가 몰려왔다. 그는 서재를 나와 쌀을 씻고 안쳤다. 찬 될

게 없나 냉장고, 싱크대를 뒤졌다. 눅눅한 김이 싱크대 서랍장에 있었다. 그것만 보아도 그는 침이 고였다. 그는 우두커니 서서 밥이 되기를 기다렸다. 밥솥에서 증기 배출이 시작됐다. 그는 뜸 들이는 시간이 줄어드는 것을 일삼아 바라보았다. 한 걸음 더 죽음 쪽으로 움직이는 시간을 지켜보고 있었다.

이제 그에게 글로 뭔가를 표현한다는 것은 너무 어려운 일이 되었다. 그의 곁에서 오랫동안 일을 봐준 김민중이 곧 찾아오기로 했는데, 걱정이었다.

그는 중얼거리며 허겁지겁 밥을 먹었다. 그러니까 그는 배가 고팠던 것이다. 우적우적 맨밥에 김을 싸 먹으면서 그는 그녀를 떠올렸다. 혼자 있는 시간이 많다 보니 수십 년 전의 일이 불쑥 튀어 오르는 일이 잦았다. 일화가 떠오를 때마다 소설이라는 장르가 새삼 작가가 가장 숨기 좋은 집 같았다.

"소설을 썼어야 했는데."

작가로 살았다면 자신의 인생이 많이 달라졌을 거란 생각이 들었다. 하지만 곧 그가 입을 오물거리며 고개를 좌우로 흔들었다. 소설이란 허무맹랑하고 쓸모없는 일이라고 여기던 그였다. 소설이란 대중을 선동하기엔 너무 길고 모호한 것이어서 그는 불필요하다고 믿었다. 그가 부려놓은 비평에 작가들이 맥없이 스러지고 사라졌다. 그게 그에겐 어떤 희열을 남겼고, 그러면 그럴수록 그에게 숙이고 들어오는 작가나 평론가들이 많아졌다. 거기에서 또 다른 권력이 생겨났다. 정치보다 문학판은 더 쉬웠다.

그는 밥을 한술 떠 우물거리며 두루마리 휴지 한 칸을 떼어선 그곳에 이런 글귀를 적었다. '제길, 나에 대해 아무것도 생각나지 않는다.' 그는 쓰고자 했던 것을 잃어버렸다. 다 잊어버렸다. 과거의 생각을 잃고 현재의 기억을 잃고 있었다. 그렇다고 도망간 그것을 찾을 생각도 딱히 없었다. 그는 생각을 미루고 먹던 밥을 후다닥 먹어 치웠다.

밥을 먹고 나니 졸음이 몰려왔다. 그에게 일어난 요즘의 일들은 이제껏 살면서 처음 겪는 일이었다. 그를 둘러싼 소문에 대한 대응도 현명하지 못했다. 그답지 않았다. 그의 사과와 변명은 더 큰 소문과 비난을 불러왔다. 사과는 사과여야 했으나 해본 적 없었으니 그러지 못했다. 말로 내뱉는 생각은 대부분 터무니없고 빈약한 상상이었다. 그 빈 것을 채우기 위해 말로 애쓸 뿐이었다.

그는 설거지를 하려다 말고 그대로 개수대에 먹던 밥그릇을 던져 놓았다. 그는 소파에 앉아 마당을 내다보았다. 그는 집 안의 모든 불을 끄고 미명이 오는 것을 바라보았다. 그러다 또 깜빡 잠이 들었다. 먹는 게 시원치 않다 보니 시도 때도 없이 졸음이 많아졌다.

그는 깊은 잠에 빠졌다. 아무런 꿈도 꾸지 않았다. 누군가 그를 부르는 소리에 잠에서 깼다. 날이 훤히 밝아 있었다.

"선생님, 계세요?"

그는 잠에서 쉽게 헤어 나오지 못했다. 김민중이 거실 창 쪽으로 와서 눈을 창에 붙이고 안을 들여다보고 있었다.

"선생님, 접니다."

그가 느릿느릿 몸을 일으켰다. 몸 여기저기가 뻐근하고 무거웠다. 내내 김민중과 나누었던 대화가 마음속에서 한순간도 떠나지 않았다.

"선생님 뭘 좀 쓰셨습니까?"

김영태는 말이 없었다.

"선생님, 이제 그만하시지요."

어쩌면 김민중만이 유일하게 그의 안위를 걱정하는 사람일지 몰랐다.

"자네가 내게 감히, 그게 무슨 말인가. 그만, 하라니."

그는 그렇게 말하고선 드는 생각이 김민중이 이제 나이가 쉰 언저리는 되었겠다, 싶었다.

"선생님 말년이 편안했으면 해서 말씀드리는 겁니다."

그가 김민중을 천천히 올려다보며 손을 부르르 떨었다. 늙을수록 화를 참기 힘들었다. 하지만 겉에 보이는 모습은 평온하기만 했다. 그런 그의 모습이 이상한 소문의 근원이었다.

"자네가 나와 얼마나 됐지?"

"올해 십칠 년째입니다."

"이제 자네도 떠날 때가 되었나 보군. 이제 가시게."

그가 돌아앉으며 말했다.

"아니요. 그럴 수야 없지요. 실은 갈 곳이 없습니다. 선생님

옆에 있었더니 이제는 어디도 갈 곳이 없습니다. 옆에 남은 사람이 아무도 없다고 말씀드리는 게 옳겠네요. 저는 선생님을 떠나지 않을 겁니다. 아니, 아마 떠나도 떠나지 않을 겁니다."

그의 눈꼬리가 살짝 위로 올라갔다.

"진심으로 반성하고 참회하고 사과하는 글을 써주십사 말입니다. 지금은 그게 필요할 때입니다. 세상이 많이 바뀌었습니다."

그에게 독재 시대는 양쪽 진영 모두 손쉬운 먹잇감이었다. 편을 모으기 쉬웠고 선동이 어렵지 않았다. 그에게 어려운 일은 같은 지대 안에서 정적을 제거하는 일이었다. 하지만 그마저도 언제나 성공적이었다. 갖은 추문과 소문으로 반대쪽 힘을 빌리면 그만이었다. 하지만 시대가 바뀌었다. 그의 말은 녹슬고 낡았다. 이제 그가 하는 말에 사람들은 예전처럼 열광하지 않았다. 사람들은 이제 그의 말을 믿지 않았다.

"선생님께 남은 일은 선생님을 믿고 따랐던 사람들에게 용서를 구하는 일뿐입니다."

김민중이 집요하게 그를 설득했다.

"떠도는 말들 그건 사실이 아니네. 자네도 알지 않나. 내가 하지 않은 일을 누구에게 어떻게 사과를 하란 말이야. 정치적으로 나를 이용하려는 것뿐일세. 이럴 때일수록 정면으로 나가야 해."

"선생님의 시대는 이미 낡고 늦었습니다. 시대가 바뀌었습니다. 그리고 사람들이 사실이라고 믿으면 사실이 되는 세상이잖습니까."

　김영태가 과거 학생과 노동자의 자살을 부추기고 그 죽음을 이용해 권력을 쥐었다는 얘기가 떠돌았다. 분노한 사람들을 자기편으로 만들어 힘을 키운 다음, 뒤로는 싸우는 상대와 타협하고 잔뜩 이권을 챙긴 뒤 분노한 약자들에게는 승리의 성취감을 약간 돌려주었다는 얘기였다. 한 여자가 그를 고발한 내용이었다. 김영태도 그녀를 잘 알고 있었다.

　"선생님, 우리를 옹호하던 사람들도 이미 저희와 손절하고 정리하는 중입니다. 사실이 아니라고 하더라도 저희를 위해서 선생님께서 희생해 주셔야 합니다."

　지난 선거에서 어깃장을 놓았던 것에 대한 값을 치르는 중이라고 그는 믿었다. 그는 물밑에서 자신을 따르는 몇몇 사람에 대해 공천을 요구했다가 거절당한 뒤 수십 년간 몸담았던 진영에 비수를 날렸던 터였다. 비수는 그 혼자만의 생각이었고, 그저 공허한 협박이었다. 시대착오적으로 낡은 수법을 썼다가 완전히 망한 것이었다.

　"그 여자, 젊은 날의 내게 복수하려는 거야. 그게 전부라고. 저쪽에서 지난번 일 때문에 나를 죽이려고 하는 거야. 난 그럴 수 없네."

　이제껏 그가 아는 모든 이야기는 쓸모없다고 믿었다. 왜 그런데 작가들은 매달렸는지 그는 이해가 되지 않았다. 하지만 그 자신이 자기에 대해 뭔가를 써보려 하니 알 것만 같았다. 그는 자기의 이야기도 제대로 한 줄 쓸 줄 몰랐다. 평생 남의 글과 남의 일에 대해 평론을 해온 그로서는 어쩌면 당연한 일이었다. 이제야 그걸 알았으니, 그는 글로서는 자기의 인생이 어긋나게 된 그 맨 처음으로 되돌릴 수 없다는 것도 더불어 알게 됐다. 그런데, 이상했다. 꼭 어떤 참회나 후회 앞에 서면 다시 용기 내어 거짓말을 하려는 이유를 그 자신도 알지 못했다. 그러면 그럴수록 오기가 생겼다. 그녀가 고발한 내용이 전부 사실은 아니었지만, 사실인 것도 있기 때문이었다. 그가 억울한 이유였다.

"제게 일을 맡겨주시면 간략하게 보도 자료를 써서 발표하겠습니다."

"자네가 나 대신 글을 쓰겠다고?"

그가 부르르 몸을 떨었다.

"그만 가고 다신 찾아오지 마시게. 내 일은 이제 내가 알아서 할 테니."

"선생님."

"당장 꺼져. 꺼지라고, 이 자식아."

그가 일어나서 소리를 질렀다. 얼굴은 벌겋게 상기되었고 마음은 진정되지 않았다. 상스러운 말이 자기도 모르게 튀어나와서 그는 스스로 좀 놀랐다. 김민중이 꼼짝하지 않고 그를 노려보았다.

"후회하실 겁니다, 선생님. 선생님은 아직 자기 자신을 모르시는 것 같습니다. 지금 가장 큰 문제는 선생님의 과거나 이력의 진실 여부가 아닙니다. 선생님이 대중에게 비호감이라는 겁니다. 선생님께서 무엇을 하든 상황은 더 어렵게 될 겁니다."

그가 주먹을 쥐었다. 마음 같아서는 뺨이라도 갈기고 싶었다.

"……자네 말은 알았으니 그만 가주게. 조금 전에 심하게 말한 것은 사과하겠네."

그는 분노를 억누르고 말했다. 김민중이 천천히 일어나더니 고개를 숙여 인사했다.

"건강히 지내십시오, 선생님."

그는 김민중의 인사를 받지 않고 돌아앉았다. 김민중이 조용히 문을 닫고 나가자 그는 긴장이 풀렸다.

"내가 비호감이다?"

그는 김민중의 말을 되뇌었다. 인정할 수 없었다. 모든 게 그녀 탓이었다. 그녀를 용서할 수 없었다. 하나도 버리지 못하는 사람은 뭔가를 채울 수 없는 게 분명했다. 그도 그녀가 TV에 나와 인터뷰한 영상을 보았다. 그녀를 본 것은 오십여 년 만이었다. 그녀는 많이 야위었지만 젊었을 적 맑았던 얼굴의 흔적을 고스란히 간직하고 있었다.

"이제 많은 것을 용서할 나이에 굳이 이렇게 김영태 선생을 사회적으로 고발하는 이유가 무엇입니까."

앵커가 그녀에게 물었다.

"노인이 관대하다고 생각하지만 천만의 말씀입니다. 노인들은 화가 많습니다. 화해가 어렵습니다. 젊은 날 끝내 참았던 것들이 죽음을 앞두고 보니 더 크게 밀려옵니다."

그녀는 스스로 말기 암 환자라는 것을 밝혔다. 곧 자신은 죽을 것이라고 했다. 그녀의 말이 대중에게 사실로 받아들여진 이유였다. 죽음 앞에 사람은 진실하다, 사람들은 그렇게 믿었다.

그는 오래전 독일에서 있었던 그녀와의 일화를 떠올렸다. 그는 자기가 하고 싶었던 문학이나 회화에 재능이 없다는 것을 유학까지 가고 나서야 깨달았다. 그것을 인정하는 게 힘들었다. 서슬 퍼렇던 군부독재로부터 그는 벗어나 있었지만, 그의 마음과 정신은 여전히 한반도 안에 갇혀 있었다. 자유롭고 싶다는 것은 두렵다는 이야기의 다른 말 같았다. 그는 그곳에서 그런 것을 깨달았다. 독일에서 보낸 6년의 유학 생활은 그렇게 정리되었다.

그때 그녀가 그의 곁에 있었다. 독일에서 그에게 그녀가 없었다면 그는 끝까지 견디지 못했을 것이다. 유학을 마칠 수 있었던 것은 오롯이 그녀 덕분이었다. 둘은 동거했는데 집도 생활비도 모두 그녀의 몫이었다. 돈이 아쉽거나 모자란 그가 아니었음에도 그는 그녀에게 빌붙어 살았다. 당시엔 알지 못했지만 그것은 나중에 그가 살아온 방식 중 하나가 되었다. 사람을 이용해 자신이 얻고 싶은 것을 얻어내는 삶은 방식은 언제나 안 좋은 쪽으로 학습이 더 잘 이루어지는 법이었다. 삶의 올바른 방식은 손해 보기 쉽고, 절망하기 좋고, 후회가 남는 법이라고 그는 믿었다.

그녀는 그림을 그렸다. 뭔지 모를 선 위에 더 알 수 없는 선 같은 것을 덧대어 그리곤 했다. 그녀는 그에게 묻곤 했다.

"어때?"

"지난번 것이 나은 것 같아."

"이번 게 더 좋아?"

"물론이지."

"어떻게 더 나은데?"

"색감이 더 좋아."

"이번 게 좋다는 거야, 지난번 게 낫다는 거야?"

둘의 대화는 그런 식이었다. 그의 대답은 언제나 명료할 수밖에 없는데, 그는 그녀의 그림에 관심이 없었다. 그림뿐만 아니라 그녀에게 관심이 없었다. 그는 유학하는 동안 예술을 버리고 전공을 바꿨다. 그림을 그리는 그녀도 점점 지겨워졌다. 그는 독일철학을 전공했다. 그는 지루한 예술 세계의 전복과 힘과 권력과 아이러니의 세계로 떠났고, 그 결정은 성공적이었다. 그는 6년여 헌신한 그녀와 헤어지고 학위를 마치고 한국으로 돌아왔다. 그녀는 생활비를 버느라 학위 과정이 길어졌고 독일에 남았다.

갑자기 집 보일러가 스스로 돌아갔다. 그 소리에 그는 조금 깜짝 놀랐다. 아직 여름이 끝나려면 멀었다. 보일러를 켰던 기억이 없었다. 그는 사소한 기억을 잃어 가고 있었다. 그는 보일러 전원을 껐다.

한국에 돌아온 뒤 그녀로부터 편지가 왔다. 그가 떠난 뒤 느낀 상실과 슬픔이 절절했다. 그는 '죽는 것도 때론 해답이다.' 라는 내용으로 답장을 보냈다. 그는 당시 알 수 없는 분노에 휩싸여 있을 때였다. '저에게 보내신 거 맞아요?' 그런 내용으로 여자가 다시 답장을 보내왔다. 물론 그녀는 죽지 않았다. 지금에 와서야 자기를 고발한 그녀를 그는, 물론 이해할 수 없었다.

김민중이 돌아간 뒤 민이 집에 왔다.

"선생님 표정이 왜 그러세요? 무슨 일 있어요?"

"아니다. 무슨 일이 있긴. 아무 일도 없다."

민이 오자 그의 집에 활기가 넘쳐났다.

"내가, 배가 고프다."

그가 말했다. 민은 장을 봐오고 밥을 짓고 청소하고 빨래를 했다. 몇 가지 일을 동시에 했다. 그는 거실 소파에 앉아 베토벤 피아노소나타를 들었다. 민이 하는 일을 우두커니 지켜보기만 했다. 민은 참으로 부지런하고 손이 빨랐다. 쌀 익는 소리와 냄새에 그는 평온해졌다. 아침 일찍 김민중과 있었던 일이 아주 먼 옛날 일 같았다.

"선생님, 배고프실 것 같아서 빨리, 간단한 것으로 했어요."

"베트남 사람이 콩나물국도 잘 끓이고. 넌 참 보배다."

오랜만에 먹는 제대로 된 식사였다. 그는 콩나물국에 밥을 말아 순무 김치와 함께 먹었다. 민은 함께 밥을 먹지 않았지만, 그가 식사하는 동안 맞은편에 앉아 있었다.

"네 일 봐. 나한테 할 말 있어?"

민이 머리를 긁적였다.

"저기, 감나무 집 할머니가 허리를 다쳐서 누워 있어요. 한동안은 식사랑 집안일을 챙겨드려야 할 거 같아서요. 아침 식사는 저녁에 해놓고 갈 테니 차려 드실 수 있을까 해서요."

"그럼, 그렇게 해야지. 원래도 다른 일 때문에 왔다 갔다 했잖아. 난 상관없으니까, 편하게 해라. 그런데 거기도 일당은 받는 거지? 무슨 일이든 그냥 인심으로 때우면 안 된다."

"네, 그럼요. 조금 받아요. 괜찮아요. 어렵지 않은 일이고요."

"그런데 오늘 고구마 나가야 한다고 하지 않았어?"

그가 콩나물국을 그릇째 마시며 물었다.

"새벽에 가서 실어 보내고 오는 길이에요."

"넌 언제 자냐? 한국 사람만 부지런한 줄 알았지, 베트남 사람은 더하다는 것을 미처 몰랐다."

민이 웃더니 물을 가져와 그에게 건넸다.

"선생님, 저 그림들 너무 우울해요. 예쁘고 아름다운 게 있으면 좋겠어요. 오랜만에 봐서 그런지 이상해요."

"저런 게 아름다운 거다. 가만히 보면 나 닮지 않았냐?"

"에이 아니에요. 안 닮았어요."

그는 괴기스러운 그 그림들을 왜 벽에 걸어놓고 있었는지 스스로 이해할 수 없었는데 근래 깨달았다. 그림 안의 남자가 꼭 자기 얼굴 같았다.

"나도 너에게 긴히 할 말이 있다."

그가 바짝 다가앉으며 짐짓 심각한 투로 말했다.

"긴히? 무슨 말인지 아직 안 배웠어요."

그가 오랜만에 소리 내어 웃음을 터뜨렸다.

"간절하게, 꼭, 뭐 그런 뜻이다. 어쨌든. 다른 게 아니고 네 비자 문제는 어떻게 되어 가고 있어? 한국에 계속 남고 싶은 거냐?"

민의 표정이 어두워졌다.

"잘 모르겠어요, 한국에서 살고 싶은데 제가 할 수 있는 일 없어요. 이장님이 마을 사람들 탄원서 써준다고 했는데 그래도 어떻게 될지 모른대요."

민이 고개를 떨구었다.

"그래서 말인데, 내가 말이다. 네가 계속 한국에서 살 수 있는 방법을 찾았거든. 너만 괜찮다면 말이다."

"정말이요? 어떻게요?"

"네가 내 양자로 들어오는 거다. 내가 너를 입양해서 호적에 올리는 거지."

"무슨 말인지 잘 모르겠어요."

"네가 내 아들이 되면 어떻겠냐는 거다. 가족이 되는 거지. 그럼, 국적이 생기니까."

민은 아무 말도 하지 못했다. 뭐라고 말할 수 없는 표정이었다. 한참 만에 민이 고개를 끄덕였다.

"고맙습니다, 선생님."

"아버지라고 부를 것까진 없다. 대신 부탁이 하나 있어. 내가 죽으면 이 집 너 가져라. 그리고 화장해서 마당 저 비석들 옆에 나란히 묻어줘. 가끔 풀이나 좀 뽑아주고. 이 집 팔지 말고 네가 오래오래 살아야 한다."

민은 아무 말도 하지 못했다. 그가 하는 말을 전부 알아들었는지 아닌지 모를 일이었으나 민은 감격에 겨워 눈물까지 흘렸다.

"서류나 절차는 내가 이장과 상의해서 진행할 테니 그리 알면 될 거다."

그는 그렇게 말하고 서재로 향했다. 민이 식탁에 앉아 그의 뒷모습을 물끄러미 바라보았다. 그는 책상에 앉아 뭔가를 쓰기 시작했다. 첫 문장을 지우고 새로 썼다. 그 글은 어떤 해명이나 사과하는 내용이 아니었다. 그는 그럴 생각이 없었다. 그는 덤덤히 유서를 쓰기 시작했다. 당장 죽을 생각은 없었다. 그저 죽음 쪽으로 더 가까이 다가선 하루일 뿐이었다. 유서가 완성된다면 죽음에 아주 가까이 가 있을 것이다. 곧 큰비가 쏟아질 모양이었다. 날이 어두워지더니 습한 바람이 불어왔다. 틀어놓은 베토벤 피아노소나타가 거실에서 폭풍우 치고 있었다.

베토벤 피아노소나타 17번 〈폭풍〉

Beethoven: Piano Sonata No.17 in D minor, Op.31 No.2 'Tempest'

베토벤의 창작에 대한 열의는 난청에 시달리던 1800년에 한층 고조되었다. 그의 나이 서른이었다. 그해에 그는 새로운 아이디어를 음악에 담아 여섯 개의 현악사중주 Op.18을 작곡했고 바이올린 소나타 5번 〈봄〉을 작곡하기 시작하여 이듬해에 발표했다. 그리고 피아노소나타 16번, 17번, 18번을 작품 번호 31로 묶어서 작곡하기 시작했고 1802년에 하일리겐슈타트에서 완성했다. 피아노소나타 17번 〈템페스트〉는 베토벤의 인생에서 가장 힘든 시기에 작곡된 것이라고 할 수 있다.

베토벤을 이야기할 때 꼭 등장하는 것이 있는데 하일리겐슈타트의 유서이다. 베토벤처럼 유명한 작곡가가 귀가 들리지 않는 절망 속에서 자살하려고 유서를 쓴 적이 있다는 것과 그런데도 그 가혹한 운명에 굴하지 않고 맞서 싸워 끝내 위대한 작곡가로 남았고 인류에게 엄청난 유산을 남겼다는 이야기는 실로 극적이다. 앞서 말했듯이 피아노소나타 17번은 그 유서를 쓴 하일리겐슈타트에서 작곡되었는데 한창 바쁜 베토벤이 왜 시골인 하일리겐슈타트에 갔던 것일까?

베토벤은 수년간 여러 의사를 만나고 치료받았지만 난청이 점점 심해졌다. 1802년 4월에는 의사의 권유를 받아들여 하일리겐슈타트로 장기 요양을 떠났다. 난청으로 인해서 사교 모임에 나가지 않고 사람을 피한 지도 2년이 넘은 상태였다. 사랑에 빠져서 잠시나마 행복감을 느꼈던 줄리에타와의 연애도 끝난 뒤였다. 그도 잘 알고 있었듯이 줄리에타와는 신분 차이로 애당초 이루어질 수 없었다.

하일리겐슈타트는 빈에서 북쪽으로 약 6킬로미터 떨어진 작은 마을이었다. 하일리겐슈타트라는 말은 독일어로 '성스러운 도시'라는 뜻이다. 그곳은 빈 상류층의 휴양지로 인기가 높았다. 베토벤은 1802년 이후에도 여러 차례 하일리겐슈타트를 찾았다. 베토벤은 평소 전원 속을 거니는 것을 무척 좋아했다. 그런 그에게 아름다운 자연미로 가득 찬 하일리겐슈타트는 그에게 심리적으로 큰 위안을 주었다. 온천욕을 하며 증상의 호전을 기대해 보기도 했다. 그러나 6개월의 요양에도 그의 청력은 좋아지질 않았다. 난청은 지금도 난치병이 아닌가? 결국 그는 10월 6일, 두 동생에게 보내는 편지 형식으로 장문의 유서를 쓴다.

죽음을 향한 그 유서의 실행은 27년이나 유예되었다. 베토벤은 자신의 재능이 아까워 도저히 극단적인 선택을 할 수 없었다. 다시금 열정적인 삶에 대한 욕구를 불태웠고 부활한 것처럼 자신만의 새로운 음악을 쓰며 제2의 인생을 살기 시작했다. 그런 결기 속에서 〈템페스트〉 소나타는 탄생했다. '템페스트'라는 제목은 베토벤이 붙인 것이 아니다. 그 제목이 붙은 연유에 대해 그의 비서였던 쉰들러는 다음과 같이 설명하고 있다. 어느 날 베토벤에게 피아노소나타 17번이 매우 인상적인데 그 힌트를 달라고 묻자 "셰익스피어의 『템페스트』를 읽어보게."라고 답했다는 것이다. 그런데 쉰들러의 말이 사실이 아닐 수 있다는 학자들의 의견도 있다. 베토벤이 셰익스피어를 좋아한 것은 사실이지만 이 소나타와 셰익스피어의 『템페스트』 간에 연관성은 별로 없기 때문이다.

1악장

1악장의 나타냄말은 '라르고 · 알레그로(Largo · Allegro)'인데 '느리고 폭넓게 시작하여 쾌활하게(빠르게)'라는 뜻이다. 라단조 4분의 4박자, 소나타 형식이다. 낭만적인 환상과 고전적인 형식미의 조화가 돋보인다. 라르고, 알레그로, 아다지오로 박자가 바뀌는 등 큰 변화가 많다. 이 1악장에서도 베토벤 특유의 폭풍우가 몰아치는 듯한 주제가 나온다. 우울하면서도 우아하고 암시적인 분위기를 드러낸다.

2악장

2악장의 나타냄말은 '아다지오(Adagio)'인데 '느리게'라는 뜻이다. 내림나장조 4분의 3박자이고 소나타 형식이다. 우울한 악장 사이에 매우 서정적인 악장이다. 제1 주제는 약하게 시작된다. 전개부에 들어가면 저음부에 타악기 같은 연타가 일어나고 그 뒤 고음부에도 그런 모습이 나타난다.

3악장

3악장의 나타냄말은 '알레그레토(Allegretto)'인데 '조금 빠르게'로 해석된다. 나단조이고 8분의 3박자, 소나타 형식이다. 제1 주제를 중심으로 해서 16분음표가 빠르게 전개되는데 너무나 아름다운 악장으로 유명하다. 이러한 음형은 베토벤이 달리는 말발굽 소리에서 아이디어를 얻었다고 한다. 전개부의 발전은 진취적인 힘을 지녔으며 그 여세를 몰아붙여 재현부로 들어간다.

(추천 영상 검색어: Lugansky-Beethoven, Piano Sonata No.17 Tempest)

BEETHOVEN

Piano Sonata No.23 〈열정〉

QR코드를 스캔하시면
베토벤 소나타를 들을 수 있습니다.

"

계속 나아가세요.
너무 연습만 하지 말고 예술의 내면을 파고들도록 해요.
예술과 학문은 인간을 신의 경지로 끌어올릴 수 있기 때문에
충분히 그럴 만한 가치가 있어요.

—중략—

진정한 예술가는 결코 뽐내지 않습니다.
그리고 그는 예술에는 한계가 없다고 여기며
다른 사람들이 아무리 탄복해도 아직은 자신의 목표에
한참 못 미친다는 것에 우울해하고,
멀리서 빛나는 태양처럼 자신보다 한참 앞선 훌륭한 천재에
가까이 가지 못한 것을 슬퍼합니다.

— 1812년, 베토벤

"

슬픔의 촉감

권상진

어둠이 더 위로가 되는 시간입니다
불은 켜지 말아 주세요
텅 빈 공간에 우두커니 서 있을
기억의 잔상을 굳이 확인하고 싶지 않거든요
당신이 사라져 버린 문의 방향과
지우다 만 흔적들이 남은 자리를
다 안다는 것은 슬픈 일이죠
굳이 대면하지 않아도 슬픔은 그냥 슬픈 것
불은 켜지 말아 주세요
나는 쌓고 당신은 허물어뜨리는 어둠
온밤, 번져가는 생각을 까맣게 칠하고 있습니다
살갗에 닿는 어둠의 촉감이 씁쓸합니다
우연처럼 누가 안부를 물어오면 좋겠어요
당신이 거의 어둑해져 가서
나도 이제 괜찮다고 말하고 싶거든요

보드게임 새로 시작할 때

김은지

가만히 앉아 있기만 해도
땀이 맺히는 열대야
다행이다
여름이 오지 않을까 봐
걱정했어
아니면
이제 내 몸이 열대야에도
더워지지 않으면 어쩌지 하는 걱정도

지난주엔 태양이 자전한다는 문장을 봤다
부분 부분
다른 속도로
어떻게 그 사실을
처음 알 수 있지

우리들이
밤마다
언어를 고르고
문장을 소리내 발음해 보고
종이를 찢어 반대로 붙여봐도

태양처럼 먼 그에게는
동그랗고 단순하게 보이겠지

창밖엔
운전면허 연습장

칭찬인지 지적인지 알 수 없는 말

그렇게 관심 없다
누구도 나에게 그렇게까지 관심 없다
나를 아무리 좋아하는 사람도
그렇게까지 관심 없다

태양이 자전한다는
팩트이고
그것은 좋은 것도 나쁜 것도 아니다
그렇게 관심 없다
누구도 나에게 그렇게까지 관심 없다
나를 아무리 싫어하는 사람도
그렇게까지 관심 없다

내가
말하고 싶은 걱정이란
여름이 무사히 올 것인가

베토벤 열정을 듣는 밤은 날카롭고

이병일

하필 종주먹만 한 우박만이
수박밭을 이지러지게 뭉갰다
땅강아지도 꾀죄죄 얼어 죽었다

왕수박 곁에서 죽은 능구렁이
비늘과 가시를 떼어가는 왕개미와
침묵을 꺼내놓은 말벌이 싸운다
흩어져 모이는 건
왜 산 것밖에 없을까
땅거미도 여러 갈래로 금갔다

저쪽은 밤잠 설칠 일도 없겠지만
이쪽은 여름 휴가철,
밤의 좀도둑만 드나들겠구나

우박과 수박을 데려온 것은
소나기에 얼굴 가린 저 무지개일까
내 목덜미에 침 박다 얼어 죽은 모기일까

오늘은 물가의 돌들도 피를 바꾸는 중이다
추위에 그슬린 것과
볕에 타 죽는 것은 검은색이다
어쨌든 베토벤 열정을 듣는 밤은 날카롭고
피아노 소리는 녹고 있는 흰빛을 보여주면서
수박과 우박이 한 몸이라는 걸 일러준다
있다가도 없고, 없다가도 있는
그런 물질이라고 북극성을 보여준다

열정, 아름다운 사람을 위한 소나타[*]

서숙희

볼셰비키의 붉은 지도자 레닌이 말했듯이[*]
계속 듣다가는 혁명을 완수하지 못할 것 같아[*]
그날 밤 그 소나타를 스물세 번만 듣기로 했지

마 논 트로포,
그러나 지나치지 않게
악상기호가 주는 암시를 이미 놓쳐버리고
그 밤을 알레그로로 타오르길 고집했지

격정은 피었다가 져버리는 혁명 같은 것
접어둔 악보를 펴자
한 움큼의 사랑이

스물셋 옛 청춘 위로
거짓말처럼 쏟아졌지

---

* 도너스마르크 감독의 독일 영화 '타인의 삶' 에서 가져옴

150

친구들이여, 박수 쳐라, 희극은 끝났다!
이렇게 될 거라고 내가 늘 말하지 않았던가!

– 1827년, 베토벤

유월의 일

이수경

> 오래전 이곳은 장미의 정원
> 꽃잎의 그늘 겹겹마다
> 사라진 아이들이 숨어있는 곳
> —이기성의 시, 「장미원」 중에서

오래전 그곳에 장미 정원이 있었다.

못 쓴 이야기, 완성되지 못한 이야기가 있었다.

짧게, 길게, 시제를, 시점을, 문체를, 기억을, 쓰는 공간을, 쓰는 마음을…… 변화를 줄 수 있는 모든 것, 바꿀 수 있는 것을 다 바꾸어도 쓰이지 못한 이야기였다.

그럴 수밖에 없었던 압도적이고 확연한 이유는 이야기를 위해

만들어진 문장들, 문장을 만드는 자신에 대한 알 수 없는 불신
과 거부감 때문이었다.

그러니까 지금 나는, 그 이야기, 실패한 이야기, 실패할 것이
분명한 이야기, 어느 시인의 시, 「장미원」이 있던 거리에 관한
이야기를 시작하려는 것이다.

밤이면 침대 왼쪽 내 머리맡에 다가와 나의 긴 머리카락을 잡
아당기는, 입이 없고 목소리도 없는, 오랫동안 알아보지 못한
어떤 영혼을 더는 모른 척할 수 없게 되었다고, 여전한 불안과
거부감 속에서도 한 번 더 시도해야 한다고 나를 설득하며.

그리고, 피할 수 없는 우연한 시간이 찾아왔다.

열정

최근에 나는 베토벤 음악을 테마로 픽션을 쓰다가 다시 실패
했다. 몇 명의 작가가 독일 음악가 루트비히 판 베토벤의 대표
적인 피아노소나타 중 하나로 글을 쓰고 책으로 출간하는 프로
젝트였다. 나는 ⟨열정, 여성형 형용사 Appassionata, 열정적인⟩
이라는 부제가 붙은 피아노소나타 23번을 선택했다. 그 음악을
특별히 좋아하거나 잘 알고 있는 것은 아니었으나 주어진 몇 곡
중 23번 소나타를 테마로 고른 이유는 순전히 '열정'이라는 부
제 때문이었다.

나는 실패한 이야기, 실패할 것이 분명한 이야기를 계속 쓰게 하는 열네 살의 유월, 유월의 어떤 순간을 내가 기억하는 '최초의 순수한 열정'이라 이름 붙이고, 픽션을 쓰기 시작했다.

　나는 아주 부주의하게 음악을 선택한 것이다.

　그러니 어떻게 실패하지 않을 수가 있을까.

　어쨌든, 주어진 시간 안에 약속한 원고를 써야 했기 때문에 피아노소나타 23번을 1악장부터 3악장까지 반복해서 들었고, 잘 알지도 못하는 고전 음악과 독일 음악가에 대한 정보를 찾아보았다.

　원인 모를 난청의 악화(이것은 잘 알려진 일이고).

　서른두 살이 되던 해(1802년), 빈 교외 하일리겐슈타트에서 요양 중 생을 끝낼 결심으로 썼다는 두 장의 유서. 난청의 고통과 절망 속에 찾아온 음악적 황금기('영웅 시대, heroic age'라 칭하는). 그 무렵에 작곡한 대표적인 피아노곡 〈발트슈타인 소나타, No.21〉, 〈고별 소나타, No.26〉, 23번 소나타 〈열정〉. 소나타의 통상적인 형식에 대비된 혁신적인 기법, 짧고 간결한 주제의 현란한 변화, 강약의 대비, 급격한 속도 변화, "주제가 그대로 제시되지 않고 제1 주제가 A단조로 전조하는 등, 많이 비틀리고 변화하고 있으며……"와 같은 알아들을 수 없는 설명들. 출생 연도, 가족관계, 연인 요제피네와 테레제 폰 브룬스비크 자매와의 이야기.

　그리고, 1827년 그의 사망 뒤 공개된 '하일리겐슈타트의 유서' 속, 음악과 생을 향한 가득한 열망…….

전기와 인물 사전과 기사와 피아니스트 몇 명의 연주와 여행자들의 기록 등을 통해 독일 음악가 루트비히 판 베토벤의 흔적을 따라가 보았지만, 그런 것은, 당연히, 써야 할 이야기에 아무런 도움이 되지 않았다. 내게 필요한 것은 오직 베토벤 사후에 붙은 부제, '열정'이라는 정념과 나로 인해 그 정념에 갇힌 소녀, 미래의 자신이 반복된 실패를 경험해야 하는 그날의 일뿐이었다.

그런데 그 무렵, 나에게 이상한 변화가 왔다.

막 원고를 쓰기 시작하던 초여름, 목소리가 나오지 않았다. 한동안 쇳조각이 목을 긁는 듯한 소리가 나더니 말을 할 수 없게 되었다. 여름이 다 가도록 병원을 오가며 이런저런 검사를 해보아도 의학적 원인을 찾을 수 없었다. '원인불명 성대마비' 진단이 내려졌다. 원인 모를 난청의 고통 속에서 탄생한 소나타를 테마로 글을 쓸 때 찾아온, 원인을 알 수 없는 마비. (만약 이 글에 선명한 진실이 있다면 이 우연한 사실뿐일지도 모른다.)

검사 결과를 알려주고 진단을 내린 대학 병원 담당 의사는, 목을 마취한 뒤 주사기로 약물을 주입해 일시적으로 소리가 나게 하는 방법을 설명했다. '일시적'이란 어느 정도 기간을 말하는지, 그다음은 어떻게 되는 것인지…… 시술과 증상에 관해 몇 가지 묻고 싶은 것이 있었으나 그런 말을 문자로 쓰는 것은 꽤 번거롭게 느껴졌다. 무엇보다 볼 수 있고, 들을 수 있고, 쓰거나 읽을 수 있는 것만으로도 큰 문제는 없을 것 같았다. 말을 하지 못하는 것쯤이야……

더는 해야 할 일도 할 수 있는 것도 없었기 때문에 고개를 저으며 진료실 의자에서 일어서려 하자, 의사는, 특별한 원인이 없는 증상이니 이유 없이 저절로 마비가 풀릴 수도 있다며 6개월 후에 다시 오라고(보자고) 했다. 의사로서 의사의 일을 했던 그때까지의 무표정한 모습과는 달리, 30대 중반쯤의 젊고 총명한 남자의 얼굴, 따뜻하고 안도감을 주는 목소리였다.

약속한 6개월을 한 달 남짓 남겨둔 지금, 나는 수첩과 펜을 가지고 다니며 글씨를 써서 보여주거나 손짓이나 눈빛으로 사소한 마음을 전하는 것에 큰 불편함이 없지만, 이따금 소리가 없는 말을 할 때가 있다. 물속에서 입만 뻐끔대는 금붕어처럼.

그러는 동안 여름이 지났고, '열정'은 재처럼 사그라들었고, 원고를 보내기로 약속한 날이 2주 뒤로 다가왔다. 어쩔 수 없이 나는 곧 실패할 픽션을 쓰기 위해 남쪽 도시의 골목 안 작은 원룸에서 남은 14일을 지내게 될 텐데, 그 전에 '최초의 순수한 열정'에 관해서는 몇 마디 남겨두는 것이 좋겠다고 생각한다.

어차피 이야기의 주인공이 소녀는 아닐 테니.

장미원이 있던 거리

그날을 유월의 어떤 순간이라고 했지만, 유월이었는지는 분명하지 않다. 가두에서 붉은 장미 꽃잎을 보았다고 생각했기 때문에(그곳은 장미원이 있던 거리) 줄곧 그렇게 믿고 있었다.

소녀는 나였고, 그해 중학생이 되었다.

서울 변두리 장미 정원이 있던 곳, 물이 넘치게 흐르는 골짜기 아래 여자 중학교와 신학 대학교가 있었다. 토요일 오전 수업을 마치고도 한참을 지난 시간이었을 것이다. 그렇지 않다면 그토록 텅 빈 가두街頭에 재의와 둘만 있지는 않았을 테니까.

나는 지금 '재의와 둘만'이라고 했는데, 그 애의 이름이 재의는 아니었을 것이다.

그 애는 재의가 아니다.

나는 어떤 순간에도 재의라는 아이를 알았던 적이 없다.

(이것은 픽션이다.)

두 소녀가 교문 밖 비탈길을 내려가고 있다.

한 아이는 긴 머리카락을 양 갈래로 땋아 내렸고(그해 두발 자유화가 되어), 다른 아이는 커트 머리에 흔한 뿔테 안경을 썼다.

둘은 잘 아는 사이일까. 친구였을까.

토스트 먹으러 갈래?

머리카락을 양 갈래로 땋은 소녀가 커트 머리 소녀에게 말했다.

커트 머리 소녀가 말없이 고개를 끄덕인다.

실패는 언제나 이 순간에 왔다.

기억은 믿을 수 없고, 믿을 수 없는 기억이 불확실한 문장을 만들고, 급기야 지독한 불신과 거부감에 압도되는.

그러나 지금 나는, 실패한 이야기, 실패할 것이 분명한 이야기를 쓰고 있다는 것을 기억해야 한다.

다만, 그 순간 고개를 끄덕인 소녀의 이름이 재의는 아니었기를……

두 소녀가 버스 정류장 반대편 플라타너스 길을 걸어, 신학 대학교가 보이는 작은 토스트 가게로 가서 마가린에 구운 식빵에 딸기잼을 발라 먹고, 잼이 묻은 달콤한 입술을 핥으며 거리로 나섰을 때, 가두는 늦은 오후의 붉은빛이 스며든 불투명한 햇살만이 가득했을 것이다.

그리고 믿을 수 없이 고요했을 것이다.

그리고 그 애가 낮게 중얼거렸을 것이다.

……저게 뭐야?

음향을 소거한 옛 영상처럼, 어떤 소음도 다른 목소리도 발소리도 무언가 흩날리는 소리도 웃음도 울음도 없는 텅 빈 거리에서, 짧은 커트 머리에 뿔테 안경을 쓴 키 작은 소녀의 속삭임만 또렷하게 들려오던 그때, 유월의 어떤 순간, 종이로 만든 사람들처럼 표정도 부피도 느껴지지 않는, 창백한 와이셔츠 소맷자락을 걷어 올리고, 어깨를 걸고, 아지랑이처럼 흔들리며 신학 대학교 정문을 통과해 가두로 쏟아져 나온 사람들이, 두 소녀의 곁을 스쳐, 여자 중학교가 있는 사거리 방향으로 달렸 나갔다.

아무 일도 없었던 것처럼 순식간에, 그들이 지나갔다.

거리를 오가던 사람들은 모두 어디로 간 걸까.

목욕탕집, 문구점, 분식집, 나무 그늘 밑에서 쉬어가던 노인들, 어른들, 골목 밖으로 몰려나오던 꼬마들…….

왜 아무도 없을까.

부피가 없는 그들은 멀리 가지 못했고, 팔이 꺾이고 무릎이 꿇리고 고개를 처박힌 채 어디론가 사라졌다.

그들이 사라진 곳에 떨어진 것은 붉은 꽃잎이었나.

그래서, 유월이었나.

그날 우리는 어떻게 헤어졌을까.

네 개의 발밑에 겹겹이 깔린 장미 꽃잎들, 이해할 수 없는 글자와 흑백사진이 인쇄된 종이를 말없이 내려다보았을 것이고, 굵은 가시가 발바닥을 찌르는 듯한 통증을 느꼈을 것이고, 허리를 굽혀 그것을 주웠고, 책가방에 넣었고, 그 애의 불안한 숨소리를 들었고…… 다음 순간 그 애는, 모든 장면에서, 내 기억에서, 완전히 삭제되어 버렸다. 재처럼, 믿을 수 없이 완벽하게.

나는 집으로 가는 버스를 두 대나 떠나보낸 뒤, 골짜기에서 흐르는 물길을 거슬러 학교 앞 비탈길을 올라 장미 덩굴이 휘감은 담장을 지나 가쁜 숨을 참으며 교무실 문을 열고 천천히 안으로 들어가 담임의 자리로 갔다. 그리고 가방에 숨겨온 것을 꺼내 반짝이는 금테 안경 앞으로 내밀었다.

……이게 뭔가요?

그렇게 물었을 것이다.

그리고 그것이 담임에게 했던 마지막 말이었을 것이다.

친절했던 담임은, 몇 분 전 우리의 곁을 스쳐 간 신학 대학교 학생들과 크게 달라 보이지 않는 젊은 담임이, 창백하게 흰 얼굴을 붉히며, 토요일 오후의 고요한 교무실을 둘러보며, 내 손에서 그것을 빼앗아, 쓰레기통에 구겨 넣었다.

종이에 인쇄된 흑백사진 속 얼굴이, "살려내라!" 비명 같은 글자가, 몇 겹으로 조각나 쓰레기통에 처박혔다.

손바닥에서 통증이 느껴진다.

학교에서는 누구도 그것에 대해 말할 수 없어.

담임이 말했다.

왜죠?

말하지 말아라.

담임이 말했다.

그것은 금지된 말이었나.

그래서 그들이 달리던 거리에, 무릎을 꿇려 기어서 가던 그때 아무도 보이지 않았나.

우리는 말을 하면 안 되었던 건가.

1980년, 서울 변두리 여자 중학교 교무실에서의 일이었다.

담임의 말대로 그날부터 나는 모든 말을 금지했다. 중학생 소녀가 입을 다물었을 때 생기는 일, 예상했던 불편한 상황과 압

박에도, 그해가 다 지날 때까지 나는 입을 열지 않았고, 견딜 수
없는 순간에는 입속에서 소리 없는 말을 굴렸다. 그것만이 '본
것'을 증명하는 열네 살 소녀의 고통, 저항, 열정이었을 것이다.

그런데 그날 가두에서 사라진 아이는 누구일까.

그 애는 어디로 간 걸까.

나는 왜 소녀를 기억하지 못하는 것일까.

다만, 그가 재의는 아니었기를.

목격자의 다짐

곰국은 끓여놓고 가실 거죠?

집을 떠나던 날 새벽, 학교에 가려고 현관을 나서던 아이가 말
했다.

어머니가 집에 안 계실 땐 역시 곰국이 최고죠.

평소와는 다른 말투로, 짓궂은 표정으로, 농담처럼.

스무 살이 지난 대학생 사내아이지만, 아직 말랑하고 보드라
운 것이 남아 있고, 그래서 쉽게 상하고 부서질 수도 있을 아이
였다.

아이의 말대로 나는 소고기를 사다가 커다란 솥 한가득 국을
끓여놓고(몸에 고깃국 냄새가 깊이 밸 만큼 오래), 아름답게 낡은 도
시의 골목 끝, 어느 시인이 빌려준 원룸에서 지내게 되었다.

독일 음악가 루트비히 판 베토벤은 빈 교외에서(불멸의) 유서를 썼다지만, 나는 그 도시의 오래된 골목과 지붕에 기와를 얹은 작고 낡은 집들과 언덕 위 아름다운 도서관과 망명정부의 지폐처럼, 이라는 비유가 저절로 떠오르는 투명하게 노란 은행잎 같은 것들에 잠시 마음을 빼앗겼고, 이따금 아는 사람을 만나기도 했다.

아는 사람과 아는 사람의 이웃이 자전거를 타고 와서 360년 전에 심은 은행나무를 보러 가자고 했고, 묵은 겨울옷을 가져와 나에게 주고 갔다.

우리는 자전거를 타고 향교에 가서 오래된 은행나무를 보았고, 어느 영화의 배경이 되었던 짧은 터널을 지나 '바람의 길'이라 부르는 천변 산책로를 달렸다.

저녁에는 특별한 음식을 먹었다.

아기 혼령이 붙었나? 어른이 자꾸 아이 짓을 하네.

하루를 함께 보낸 뒤 자전거를 끌고 천천히 집으로 돌아가던 저녁에, 아는 사람이 내게 말했다. 향교에서 나무를 껴안는 모습이, 그때의 말투가, 걸음걸이가, 표정이, 흥얼거리는 노래가, 진짜 그래 보였다고 했다.

'낯선 곳이라 들떠서 그렇겠지⋯⋯.'

그날 밤, 나는 웃으며 그들을 보냈다.

밤은 차츰 차가워졌지만, 그 도시의 낮은 말할 수 없이 환하고 따스했다.

초저녁이 지나면 침대로 올라가 일찍 잠이 들었고, 낮에는 베토벤 소나타 23번 〈열정〉을 들으며 픽션을 썼고, (써보려고 노력했고) 그사이, 한 차례 비가 왔고, 비 온 뒤 빠르게 기온이 떨어져 마침내 첫눈이(폭설이) 내렸다. 원고는 절반을 넘겨, 어쩌면 완성될지도 모른다는 희망을 품게도 했다. 그러나 일주일이 지난 새벽, 침대에서 눈을 떴을 때, 나는 다시 실패를 예감했다.

창밖에 눈이 펑펑 내리고 있던 그 새벽, 두툼한 커튼이 내려진 어스름한 방에서, 침대 왼쪽 머리맡에서, 무언가 내 머리카락을 잡아당겼는 느낌에 잠에서 깨어났다. 꿈이라고 생각할 수도 있었겠지만, 그러기에는 나의 왼쪽 머리카락에 닿았다 사라진 어떤 몸의 차가운 슬픔이 생생하게 나를 압도했다.

그리고, 떨리는 심장에서 알 수 없는 목소리가 들리는 것 같았다.

'그것은 다시 쓰여야 해.'

원고 마감 일주일을 앞둔 아침, 나는 처음으로 돌아가야 했다.

아직 아무것도 쓰이지 않은 날로, 현관문을 열고 낯선 방으로 들어선 막막했던 일주일 전으로, 긴 머리카락을 묶고, 이곳에 도착할 때 입었던 빛바랜 카키색 바지와 흰 블라우스와 어두운 먹색 가을 재킷과 낡은 운동화, 철 지난 차림 그대로, 곧 추워질 거라며, 아는 사람이 가져다준 파란색 스웨터와 패딩을 종이 가방에 접어 넣고, 웃지도 울지도 말을 하지도 않던 유월의 마음으로, 꽃잎 대신 젖은 낙엽이 밟히는 가두를 아주 천천히 걸어, 골목 밖 광장을 지나, 초록 신호를 기다리며, 언덕 위 도서관으로 가는 가파른 비탈을 숨차게 올라…… 숨을 참으며…….

그리고 그날 저녁, 내 몸에 맞지 않는 겨울옷을 돌려주기 위해 택시를 타고 아는 사람의 집으로 갔다. '보리'와 '송이'라는 이름의 흰 고양이 두 마리가 노을빛이 물든 마당을 소리 없이 어슬렁거렸고, 불빛이 환하게 비치는 통창으로 식탁에 마주 앉아 저녁을 먹고 있는 두 사람의 모습이 보였다.

똑똑 유리창을 두드리자, 아는 사람이 의자에서 일어나 문을 열어주었다.

나는 옷이 담긴 종이 가방을 구석진 곳에 놓아두고, 그들이 있는 쪽으로 갔다.

안녕하세요?

아는 사람의 이웃이 엉거주춤 일어서며 인사를 했다. 이름이 (별명이) '그늘'이라고 했던가.

앉아요. 밥 안 먹었죠? 같이 먹어요.

수저와 밥과 국이 내 앞에 놓였다.

속이 뜨뜻해질 거예요.

아는 사람이 말했다.

볶은 돼지고기와 늦가을 상추와 갈치속젓과 아욱국으로 차려낸 저녁상은 놀랄 만큼 푸짐했다. 나는 이곳에 온 뒤 처음으로 집에서 만든 제대로 된 식사를 했고, 저녁 식사를 마친 뒤에는 '그늘'이 내려준 커피와 아는 사람이 껍질을 벗겨 반쪽씩 잘라준 얼린 홍시를 먹었다.

그리고 마당이 깜깜해질 때까지 우리는 꽤 오랫동안 이야기를 나누었다. 아는 사람이 말을 하면 나는 수첩에 짧은 문장을 적어 말을 대신했고, 내가 쓴 문장을 그늘이 소리 내어 읽었다.

'왜 그늘이라고 부르나요?'

아는 사람이 주방에서 설거지를 하는 동안, 그늘과 나는 몇 마디 말과 글을 주고받았다.

'쉬어가는 곳'이란 뜻이기도 하고, '그는 늘 거기에'라는 의미이기도 하고, 뭐, 그렇죠.

그러고 보니 어두운 피부와 큰 눈과 길고 짙은 속눈썹이 그늘을 그늘 속 그림자처럼 보이게 했다.

레지던스 생활은 어떤가요?

'써야 할 것만 없다면 더없이……'

무슨 이야기를 쓰는데요?

'어느 유월의 일…… 그러나 아직은 잘 몰라요.'

그러다가 긴 이야기가 시작되었다.

아는 형이 있는데요…….

나는 수첩 위에 펜을 내려놓고 고개를 끄덕였다.

베이스 기타를 연주하는 뮤지션이에요.

그늘이 휴대폰을 열어 저장된 사진과 동영상을 보여주었다.

한 달 전에 찍은 거예요.

아직 초록 잎들이 무성한 그늘 밑, 기타를 연주하는 남자의 모습과 그를 둘러싼 사람들의 흐릿한 실루엣이 담긴 사진들이었다. 영상에는 낮은 음역의 베이스 기타 소리와 주문 같은 말이 흐르고 있었다. 제의祭儀와 같은 장면이었다.

섬에서 굶주려 죽은 소년들을 위한 위령제예요.

그늘이 말했다.

'……섬? 소년들?'

나는 내려놓았던 펜을 손에 쥐고 굵은 글씨로 썼다.

그늘이 고개를 끄덕이더니 다음 이야기를 했다.

수첩에 그림이 하나씩 그려졌다.

밥과 고깃국이 가득 담긴 그릇, 물이 흐르는 샘터, 꽃, 무덤, 신발, 날개를 편 작은 새, 바람을 타고 휘청이는 깃발, 종이로 만든 소년들…….

이야기를 따라, 손이 움직이는 대로.

그늘은 내 그림을 바라보며 소년들의 이야기를 이어갔다.

그날 밤, 아는 사람의 이웃, '쉬어가는 곳'이거나 '그는 늘 그곳에'와 주고받은 불연속적인 이야기와 그림들, 밤늦게 원룸으로 돌아가 찾아보았던 그 섬에 관한 이야기는 나를 이상한 정념에 휩싸이게 했고, 밤이면 겪어보지 못한 두려움과 불면에 사로잡히게 했다.

오래전(1942년부터 1982년까지), 서해 가까운 섬에 부랑아 수용 시설이 있었다. 실제로는 소년 강제 노동 수용소 같은 곳이었다. 고아나 거리를 떠도는 아이들뿐 아니라 가족이 있는 소년들까지, 적법한 행정절차도 없이 무차별적으로 수용, 감금되었다. 굶주림과 강제 노역과 잔인한 신체적 정신적 학대를 피해 탈출을 감행한 아이들은 절벽 아래로 뛰어내려 파도에 휩쓸려 익사했고, 굶주려 죽은 소년들은 가마니에 싸여 바다에 던져지거나 알 수 없는 곳에 매장되었다. 역대 정권이 주도한 범죄, 연약한 아이들을 희생시킨 국가 폭력이었으며, 문장으로도 담을 수 없는 끔찍한 지옥이었다.

그것이 40년간 이어졌다. 고발도 구원도 없이.

그리고 그날 밤 그늘이 더듬거리며 들려준 이야기에 따르면, 시설이 있던 자리에 창작 스튜디오가 만들어져 많은 창작자와 예술가가 그곳에 머물며 어린 영혼들을 위령慰靈하고 있는데, '아는 형'인 베이스 기타 연주자는 커다란 솥에 여러 가지 고기를 섞어 기름진 수프를 끓이고, 굶주리며 죽어간 소년들을 위해 제사를 지내고, 시를 지어 들려주었다.

그늘이 보여준 사진의 마지막 장면은 눈도 없고, 입도 없는, 흰 종이로 만들어진 아이들로 둘러싸인 주인 없는 무덤이었다.

거기 머무는 내내 젖은 옷을 입고 있는 것 같았대요, 형이…….

그늘이 말했다.

나는 영상에 흐르던 시, 위령제에서 낭독했던 글을 볼 수 있겠냐고 수첩에 적었다. 그러자 그늘이 어디론가 전화를 걸더니 나에게 휴대폰을 건넸다. 내가 소리를 낼 수 없다는 것을 잠시 잊은 듯했다. 그늘이 미안한 표정을 지으며 수첩에 쓰라는 시늉을 했다.

'위령제 동영상을 보았습니다.'

내가 수첩에 쓰자 그늘이 읽었다.

'시를 보고 싶습니다.'

그늘이 읽었다.

잠시 후 그늘의 휴대폰 메시지로 시가 전송되었다.

형이 지금 독일에 있거든요. 연주 투어 중이에요.

고맙다는 말과 안부 인사로 통화를 마치며 그늘이 말했다.

내게도 시가 전송되었다.

〈목격자의 다짐〉[1]

시의 제목이었다.

'……또 한 명의 목격자가 되어 이 이야기를 증언할 것이다.'

나는 그 마지막 문장을 읽으며 수첩에 썼다.

'또 한 명의 목격자…… 너는 누구였을까.'

재의

그날 이후 나는 밤마다 이상한 정념과 두려움에 휩싸이게 되
었다고 했는데, 아는 사람의 이웃, 그늘이 들려준 이야기와 독
일에서 전송된 베이시스트의 시와 부피도 표정도 없는, 종이로

---

[1] 베이시스트 노선택이 선감학원 희생자 위령제에서 낭독한 글

만들어진 소년들의 슬프고 기이한 모습이 반복해서 떠올랐고, 어쩐지 그 유월, 가두에서 감쪽같이 사라진 소녀가 내 가까이에 있을 것만 같은 믿을 수 없는 느낌에 사로잡혔다. 가령, 커튼을 내린 어두운 방 침대 왼편 머리맡에, 노트북이 있는 책상 아래 웅크린 채, 웃지도 울지도 말을 하지도 못하고.

그리고, 변화를 줄 수 있는 모든 것, 바꿀 수 있는 것을 다 바꾸어도 이야기를 완성하지 못한 이유가 그 아이 때문일지도 모른다고, 이야기의 주인공이 열네 살의 내가 아닐지도 모른다고, 그래서 어떻게든 사라진 그 애를 찾아야 한다고 생각했다.

픽션을 쓸 수 있는 남은 시간은 일주일뿐이었다.

우선은 중학교 동창 인터넷 사이트에 올라온 프로필 사진들을 뒤지며, 플라타너스 길을 걸을 때 마주치며 웃던 까만 눈, 혀로 딸기잼을 핥던 붉은 입술, 까무잡잡한 피부, 짧은 커트 모양을 부풀리던 곱슬머리, 작고 왜소한 몸의…… 그 애를 구성하고 있던 모든 것, 40년 후라 상상할 수 있는 얼굴을 떠올려 보았으나, 내 기억 속 소녀는 눈과 혀와 커트 머리와 왜소한 몸으로 조각나 하나의 모습으로 완성되지 않았다.

나는 용기를 내어, 1980년 유월, 우리가 막 중학생이 되었을 때, 두발자유화가 되어 각자의 머리 모양을 찾아가던 그해, 하얗게 밀려오던 시위대를 본 적이 있는지, 우리와 골짜기를 나눠 가진 신학 대학교 앞 가두에서 한 남학생의 사진이 인쇄된 유인물을 주워 가방에 넣은 적이 있는지, 그 거리에 있었던 적이 있

는지, 그전에, 나와 함께 마가린에 구운 고소한 토스트에 딸기
잼을 발라 먹은 친구가 있는지, 짧은 커트 머리에 두꺼운 안경
을 쓴, 작고 왜소한, 혹 그렇게 생긴 아이를 아는 사람이 있는
지, 긴 글을 올렸다.

그러나 아무도 대답하지 않았고, 그런 아이를 기억하는 사람
도 없었다.

나는 소나타 23번 〈열정〉, 실패한 이야기가 쓰인 파일을 닫
고, 인터넷 검색창을 열어, 1980년 ○○ 여자 중학교, ○○ 여
자 중학교 졸업생, 같은 단어를 입력해 보았다.

1980년 봄, 골짜기 여자 중학교에 입학했던 어떤 친구는 시
인이 되었고(시간이 많이 흘렀지만, 얼굴을 알아볼 수 있었다), 뜻밖
에 어느 고등학교 교장으로 은퇴한 담임의 소식도 알 수 있었으
나, 소녀의 흔적은 어디에서도 발견되지 않았다.

'너는, 어디에 있니.'

나는 이상한 열기에 휩싸여, 주술에 걸린 사람처럼, 소리도 없
는 말을 입속에서 중얼거리며, 여전히 이해할 수 없는 혼란한
상태가 계속되었다. 이른 저녁에 침대에 누워 눈을 감으면 알
수 없는 불안한 모습들이 감은 눈 속을 떠돌았고, 흐릿한 목소
리가 들리는 듯했고, 어쩌다 잠이 들면 침대 왼쪽 머리맡에서
무언가 나의 머리카락을 잡아당기는 그 서늘한 느낌에 '소리'를

지르며 깨어났다. 몸을 짓누르는 공포를 사력을 다해 밀어내고 눈을 뜬 순간, 방에서 울리는, 여름부터 마비되어 밖으로 나오지 못했던 목소리를, 나는 분명히 들었다.

그리고 며칠간 뜬눈으로 밤을 보냈다.

거실 바닥에 이불을 깔고 누워보거나 수면에 좋다는 음악을 틀어놓고 잠을 청해도 아무 도움이 되지 않았다.

(베토벤 음악은, 피아노소나타 23번 〈열정〉은 수면에 최악이었다.)

그렇게 14일 중 열흘이 지났고, 픽션은 거의 자포자기 상태였으며, 더는 고통스럽고 이상한 상황을 견딜 수 없을 것 같았다. 그리고 어떻게든 잠들어 보려고 버둥거리던 새벽, 집으로 돌아가야겠다고 생각했다. 그 도시에서, 답답한 방에서, 이야기에서 도망쳐야 했다.

어차피 픽션은, 이야기는 끝났고, 실패했다.

나는 이불에서 벌떡 일어나 짐을 싸기 시작했다.

옷걸이와 건조대에 걸린 옷을 걷어 배낭에 담고, 노트북과 몇 권의 책과 수첩과 연필과 화장품과 세면도구…… 가지고 온 물건들을 빠짐없이 가방에 챙겨 넣고, 냉장고에 있는 음식을 비워 그릇을 씻고, 버릴 수 있는 모든 것을 쓰레기봉투에 담으며, 이곳에 도착했던 차림 그대로, 떠날 준비를 했다.

그리고, 아침이 오기를 기다렸다.

그리고, 믿을 수 없이 맑고 환한 아침이 왔다.

지금 이 순간, 그 새벽의 계획이 그대로 실행되었을 거라고 생각하는 사람은 아마도 없을 것이다. 아침이 되었지만, 나는 떠나지 못했다. 환한 빛 속에서, 어떤 존재가, 어떤 슬픔이 내 발목을, 손을, 마음을 가만히 붙잡아 앉혔다.

　나는 짐으로 가득 찬 무거운 배낭을 침대 위에 내려놓고, 가방에서 수첩과 펜을 꺼내 들고, 아침의 빛이 스며든 마루에 웅크려 앉아, 입속에 머물던 말을 수첩에 썼다.

　'……미안해.'

　그리고 수첩에 그려진 그림들, 꽃, 새, 깃발, 고기 수프가 담긴 그릇, 눈이 없고 입이 없는 하얀 소년들……을 보았다.

　그러자 문득 집을 떠나기 전에 쓴 메모가 떠올랐다.

　'종이로 만든 사람들처럼, 표정도 부피도 느껴지지 않는, 창백한 와이셔츠 소맷자락을 걷어 올리고, 어깨를 걸고, 아지랑이처럼 흔들리며…….'

　나는 가방에서 노트북을 꺼내 인터넷을 연결하고, 검색창에 '1980년 ○○ 신학 대학교'를 입력했다. 몇 개의 기사를 넘기자, 〈5·18 기록관―○○ 신학 대학교―5·18 기록물〉이라는 제목의 게시물이 보였다.

　거기, 거짓말처럼, 1980년 유월에 가두에서 목격한 흑백사진 속 얼굴과 또 다른 여학생의 사진이 있었다. 여학생의 이름은 재의, 나와 같은 해에 서울 변두리 골짜기 아래 여자 중학교에 입학했다는, 1988년 4월에 사망한 신학 대학교 학생, 스물두 살 권재의였다.

토스트 먹으러 갈래?

머리카락을 양 갈래로 땋은 소녀가 커트 머리 소녀에게 말한다.

교회에 가야 하는데…….

커트 머리 소녀가 망설이며 고개를 끄덕인다.

마침내 완성된 얼굴, 5·18 기록물 사진 속 권재의의 모습에서 나는 짧은 커트 머리와 붉은 입술과 검은 뿔테 안경 속 망설이던 눈빛을 찾으며, 그 순간을 떠올린다.

이야기가 멈춘 순간.

모든 것을 바꾸어도 실패했던 순간.

평화로운 토요일 오후, 딸기잼을 바른 토스트 따위를 먹으러 가자고 하지 않았다면, 망설이는 소녀의 팔짱을 끼고 신학 대학교가 있는 방향으로 걷지 않았다면, 모두가 안전하게 집으로 돌아간 그때, 텅 빈 가두에 있지 않았을 것이고, 아무것도 보지 못했을 것이고, 여전히 그 시간, 그 거리를 배회하며 잃어버린 친구의 수물두 살 영혼을 마주하는 아침이 오지 않았을 것이고…….

소녀는 재의일까. 재의가 정말 그 아이였을까.

5·18 기록물에는 1980년 5월 27일 광주에서 사망한 남학생의(그해 우리가 목격한) 이야기가 있었다. ○○신학 대학교 2학년에 재학 중이던 그는, 비상계엄으로 휴교령이 내리자 고향인

광주로 내려갔다. 다정했던 동무들, 정의로운 선생들, 목사인 아버지의 손을 놓고.

그는 시위에 참여해 상무대에서 심한 고초를 당한 후 풀려났으나, 5월 22일, 일기장에 유서를 남기고 도청으로 들어가, 5월 27일 항쟁의 마지막 날, 계엄군의 총에 맞아 사망했다.[2]

'……한 줌 재가 된다면…… 강가에…… 뿌려다오.'

소년처럼 짧게 자른 머리카락, 꼭 다문 입, 어두운 피부와 반듯한 이마, 갸름한 눈…… 열네 살 소녀의 책가방에 잠시 숨어 있다가 발각되고 조각나 쓰레기통에 던져진 그 얼굴이 분명했다. 그리고, 아직 어린 몸들이 십자가를 지고 도서관 앞 잔디 언덕을 올랐을 그곳, 골짜기에서 물이 넘치게 흐르고, 아름다운 장미원이 있던 거리의 신학 대학교에 재의가 입학했고, 단일 사건 세계 최대 규모, 1,288명이 구속된 대학생 항쟁의 일원으로 115일간 감옥에 있었던 여학생 권재의는 폭력과 고문의 후유증으로 출소 후 스스로 생을 마감했다고, 기록되어 있다.[3]

'……지옥의 도살장과도 같았다. ……무릎까지 차오른 최루탄 물속에 손을 머리에 올리게 하고 꿇어앉혔다. ……동료들이 흰 빛 철모의 깡패들에게 짓밟히고 터져 나뒹구는 모습을 보게 했다. ……멀리 옥상에서 흰 깃발이, 패배의 몸짓이 발악적으로 꿈틀거렸다. 곧이어 부상자가 속출했다.

---

2) 1980년 5월 27일, 광주 도청에서 계엄군에 의해 사망한 한신대학교 2학년 류동운 열사의 이야기를 차용했다.
3) 1986년 건국대 사건으로 구속되었다가 신체적 정신적 후유증으로 1988년 4월 10일 목숨을 끊은, 한신대학교 곽현정의 이야기를 소설로 재구성했다. 곽현정과 나는 3년 동안 같은 중학교에 다녔다.

검은 연기 속의······'⁴⁾

그날, 믿을 수 없이 맑고 환한 아침, 한 소녀가, 텅 빈 거리, 불면의 밤을 앓던 정념에서 걸어 나왔다. 딸기잼이 묻은 달콤한 입술을 핥으며, 토스트 가게를 나와, 키 큰 플라타너스를 지나, 유월의 장미 꽃잎이 떨어진 가두를 걸어, 사거리 건널목에서 초록 신호를 기다리며······.

양 갈래로 머리카락을 땋은 소녀는 생각한다.

'네가 그 거리에서, 오래된 이야기에서, 우리를 구원할 거야.'

나는 수첩에 그것을 받아 쓴다.

*

마비된 성대는 저절로 회복되지 않았다.

나는 어느 시인처럼, '장미의 정원, 꽃잎의 그늘 겹겹이 사라진 아이들'에 관한 픽션을 여전히 완성하지 못했고, 200여 년 전 독일 음악가처럼 난청의 고통 속에서 유서를 쓰지도, 불멸의 소나타를 만들지도 못한다.

그러나 실패할 이야기를 반복해서 쓰게 했던 마음, 성대가 마비된 여름, 열네 살의 마음으로 지낸 낯선 도시에서의 길었던 14일, 우연히 알게 된 소년들, 어느 목격자의 다짐, 눈 뜬 밤들, 돌아가지 못한 아침, 믿을 수 없이 맑은 아침에 나를 찾아온

---

4) 건국대 진압 중에 있었던 폭력의 장면을 회상하며 쓴 권현정의 유고 수필 중 한 대목이다.

이름들…… 그 모든 것이 내가 써야 했던 테마 'Appassionata, 열정'이 아니라고 말할 수는 없다.

그 시작과 끝은 어디인가.

유월의 거리에서 사라졌던 소녀는 재의가 아닐 것이다. 나와 소녀와 권재의는 다만 그 봄의 뒷모습을 보았던, 숨죽여 지켜본, 그 봄의 씨앗을 품은 소녀 중 하나였을 것이다.

열정은 비극의 다른 말이래요.

남쪽 도시를 떠날 때 아는 사람이 말했다.

픽션은 비극의 주인공을 구원하지 못할 거예요. 구원은 그들에게서 와요, 언제나…….

나는 가까스로 찾아낸 조각 하나를 품고, 조금은 환하게, 그 도시와 작별했다. 그것은 다시 쓰일 것이다.

베토벤 피아노소나타 23번 〈열정〉

Beethoven: Piano Sonata No.23 in F minor, Op.57 'Appassionata'

이 작품은 베토벤이 36세이던 1806년에 완성되고 이듬해 출판되었다. 피아노소나타 23번 〈열정〉은 피아노소나타 21번 〈발트슈타인〉, 26번 〈고별〉과 더불어 베토벤 중기의 중요한 소나타이며, 대표적인 걸작이다. 이 곡의 자필 악보를 보면 물방울 자국들로 잉크가 번진 흔적이 있다. 물을 엎지른 것도 아닌데 어째서 물방울 자국이 남은 것일까?

베토벤은 1806년 10월 말 또는 11월 초에 보헤미아의 트로파우 근처에 있는 리히노프스키 공작의 저택에 머물면서 이 피아노소나타 23번의 필사본을 마무리하고 있었다. 그때 나폴레옹의 프랑스 군대가 인근을 점령하고 있었는데 프랑스군의 환심을 사고 싶었던 리히노프스키는 그 장군과 장교 들을 저택에 초대했다. 그리고 그들에게 저녁 식사 후에 베토벤의 피아노 연주를 들려주겠다고 약속했다. 리히노프스키는 베토벤을 오랫동안 후원했던 터라 자신이 부탁하면 으레 베토벤이 연주해 줄 것이라고 판단했다. 그러나 베토벤은 조국의 적인 프랑스군의 식사 자리에서 피아노 연주를 해달라는 요청을 거절했다.

위대한 혁명가라고 생각했던 나폴레옹이 황제에 즉위하자 실망하여 '보나파르트'라고 쓰인 3번 교향곡의 표지를 찢어버리고 '영웅'이라고 고쳐 썼던 베토벤이 아니던가? 베토벤을 화나게 하는 것은 그것뿐만이 아니었다. 한 프랑스인이 베토벤에게 바이올린도 연주할 줄 아느냐고 물었는데 그것은 그로서는 참을 수 없는 모독이었다. 연주하기로 한 시간이 다가왔는데 베토벤이 눈에 보이지 않자 사람들은 저택 이곳저곳을 찾기 시작했다. 베토벤은 구석진 방에 들어가 문을 잠그고 있었다. 리히노프스키 공작은 연주해 달라고 베토벤을 설득했지만 소용없었다. 화가 난 리히노프스키 공작이 문을 부수고 강제로 문을 열자 두 사람 간에 격한 싸움이 벌어졌다. 베토벤이 의자를 들어 리히노프스키 공작에게 내리치려 하자 오퍼스도르프 백작이 황급히 저지했다. 베토벤은 폭풍우가 몰아치는 그날 밤 편지를 남겨놓고 막 완성된 이 소나타의 악보를 가지고 저택을 떠났다. 앞서 말한 자필 악보 위의 물방울은 그날 밤의 빗방울인 것이다. 그가 남긴 편지에는 다음과 같이 쓰여 있었다. "세상에 공작은 수천 명이 있고 앞으로도 그럴 것이지만, 베토벤은 오직 한 명이오."

피아노소나타 〈열정〉을 쓴 1806년은 베토벤의 창작열이 폭발했던 시기였다. 1802년에 하일리겐슈타트의 유서를 썼던 가을 이후 베토벤은 바이올린소나타 〈크로이처〉, 피아노소나타 〈발트슈타인〉, 〈영웅〉 교향곡, 피아노협주곡 4번, 바이올린협주곡 등 독보적인 걸작들을 쏟아냈다. 그리고 〈열정〉 소나타를 쓰기 시작하던 1804년에는 요제피네를 다시 만나기 시작했다. 줄리에타를 사랑했을 때와 마찬가지로 요제피네와도 신분의 차이로 이루어질 수 없는 사이였는데 가문의 요구로 다른 남자와 결혼했던 요제피네가 과부가 되어 홀몸이 된 것이다. 두 사람은 약혼까지 했지만 브룬시비크 집안의 반대로 결국 그의 두 번째 사랑도 이루어지지 못했다. 그래서인지 이 소나타에는 베토벤의 복잡한 심경이 잘 녹아 있다.

부제 '열정(Appassionata)'은 베토벤이 붙인 것이 아니다. 그의 사후에 출판업자가 붙인 것이 지금껏 통용되었다. 작품이 너무 격렬하고 연주하기 어려워서 붙여진 별명인데, 작품과 잘 어울린다. 이 소나타는 요제피네의 오빠 브룬시비크 백작에게 헌정되었다.

1악장

1악장의 나타냄말은 '알레그로 아사이(Allegro assai)'인데 이탈리아어로 '매우 쾌활하게'라는 뜻이지만 음악적으로는 '매우 빠르게'로 번역된다. 바단조이며 8분의 12박자, 소나타 형식이다. 피아니시모(매우 여리게)로 시작해서 피아니시시모(가장 여리게)로 끝나는데 시종일관 긴장미가 흐른다. 첫 번째 주제는 어둡게 떠오르는데 두드러진 선율미는 없지만 개성적인 트릴(2도 차이 나는 두 음을 빠르게 교차하여 떠는 것이) 있다. 곧바로 그 주제를 반음 올려서 되풀이하는데 이는 나폴리 6화음이라는 개성 있는 화음을 바탕으로 한 것이다. 제시된 주제는 단순하지만 베토벤은 인상적인 멜로디 대신에 튼튼하면서도 변화 있게 음을 쌓아가는 방식을 택했다. 또 첫 주제가 오른손과 왼손이 두 옥타브 차이의 같은 음으로 움직이는데, 매우 특이하면서도 웅장한 저음 효과를 나타내 비극적인 효과를 거두고 있다. 그 뒤 폭풍우가 몰아치는 듯한 즉흥연주 풍의 두 번째 주제가 나타난다.

2악장

2악장의 나타냄말은 '안단테 콘 모토(Andante con moto)'인데 이탈리아 어로 '생기 있게 걷는 듯이'라는 뜻이다. 내림나장조로서 4분의 3박자, 변주곡 형식이다. 이 악장은 제시된 주제와 3개의 변주로 이루어져 있다. 제1 변주는 왼손의 당김음(엇박자의 리듬)이 있는 변주이다. 제2 변주는 오른손이 16분음표로 그 속에 선율을 변주한다. 제3 변주는 오른손이 32분음표로 변주를 진행한다.

3악장

3악장의 나타냄말은 '알레그로 마 논 트로포(Allegro ma non troppo)-프레스토(Presto)'인데 '쾌활하게 그러나 지나치지 않게-빠르게'로 번역된다. 바단조, 4분의 2박자 소나타 형식이긴 하지만 일반적인 소나타 형식에서 많이 벗어나 있는 악장이다. 강렬한 연타 음에 이어 머뭇거리는 듯한 초반부 후에 16분음표로 펼쳐지는 주제가 나오고, 1악장과 마찬가지로 반음 올려서 반복된다.

이 소나타의 3악장에는 두 번째 주제가 등장하지 않는다. 지속적으로 첫 번째 주제가 빠르게 전개되는데 제시부가 짧고, 발전부와 재현부가 확대되어 있다.

(추천 영상: 김선욱-Beethoven, Piano Sonata No.23 2017년)

Profile

김도일

2017년 포항소재문학상 대상을 수상하며 작품 활동을 시작했다. 자신이 세상에 쓸모없다 느낄 때 이야기를 지어낸다. 그래서 앞으로도 계속 소설을 쓸 것 같다. 재능과는 관계없다. 소설집으로 『어룡이 놀던 자리』가 있으며 앤솔러지 『당신의 가장 중심』, 『작은 것들』, 『쓰는 사람』, 『최소한의 나』를 함께 썼다.

백가흠

2001년 서울신문 신춘문예에 단편소설 『광어』가 당선되어 작품 활동을 시작했다. 소설집으로 『귀뚜라미가 온다』, 『힌트는 도련님』, 『사십사』, 『같았다』, 장편소설으로 『향』, 『아콰마린』, 여행 소설집 『그리스는 달랐다』, 산문집 『왜 글은 쓴다고 해가지고』 등이 있다. 현재 계명대학교 문예창작학과 교수로 재직 중이다.

이수경

2016년 동아일보 신춘문예에 단편소설 〈자연사박물관〉이 당선되어 작품 활동을 시작했다. 소설집 『자연사박물관』, 『너의 총합』, 장편소설 『마석, 산 70-7번지』 등을 출간했고, 2019년 대산창작기금, 제1회 길동무 문학창작기금, 제12회 김만중 문학상 신인상, 제4회 부마항쟁문학상을 수상했다.

하명희

2009년 『문학사상』에 단편소설 「꽃 땀」이 당선되며 작품 활동을 시작했다. 전태일문학상, 한국가톨릭문학상 신인상, 백신애문학상을 수상했다. 장편소설 『슬픈 구름』, 소설집으로 『불편한 온도』, 『고요는 어디 있나요』, 『밤 그네』가 있다.

권상진

2013년 전태일문학상으로 작품 활동 시작했다. 시집으로 『눈물 이후』, 『노을 쪽에서 온 사람』 등이 있으며 합동시집 『시골시인-K』를 함께 썼다. 2021년 아르코문학창작기금 및 2024년 백신애창작기금 등을 받았다.

김은지

2016 《실천문학》 등단. 시집 『책방에서 빗소리를 들었다』, 『고구마와 고마워는 두 글자나 같네』, 『여름 외투』, 『아주 커다란 잔에 맥주 마시기』, 우정 시집 『은지와 소연』(공저), 산문집 『동네 바이브』가 있다. 책방과 팟캐스트를 많이 좋아한다.

서숙희

1992년 《매일신문》《부산일보》 신춘문예 시조와 1996년 《월간문학》 신인상 소설이 당선되어 작품 활동을 시작했다. 시조집 『빈』, 『먼 길을 돌아왔네』, 『아득한 중심』, 『손이 작은 그 여자』, 『그대 아니라도 꽃은 피어』과 시조선집 『물의 이빨』이 있다. 중앙일보 시조대상, 백수문학상, 김상옥시조문학상, 이영도시조문학상, 애린문화상 등을 수상했다

이병일

2007년 《문학수첩》으로 등단하며 작품 활동을 시작했다. 시집 『옆구리의 발견』, 『아흔아홉개의 빛을 가진』, 『나무는 나무를』 등이 있다. 현재 명지전문대 문예창작과 조교수로 재직 중이다.

시와 소설, 베토벤으로부터

베토벤을 읽다

1판 1쇄 2025년 4월 4일

지은이	**김도일, 백가흠, 이수경, 하명희, 권상진, 김은지, 서숙희, 이병일, 최정호**
펴낸이	**김 강**
편집	**최미경**
디자인	**제일커뮤니티** 054 • 282 • 6852
인쇄 · 제책	**천우원색인쇄사**
펴낸 곳	**도서출판 득수**
출판등록	2022년 4월 8일 제2022-000005호
주소	경북 포항시 북구 장량로 174번길 6-15 1층
전자우편	2022dsbook@naver.com
ISBN	979-11-990236-4-2

값 17,000원